身心灵魔力
品/格/丛/书

释然

得失之间观天下

孙丁丁◎著

中国出版集团　现代出版社

图书在版编目(CIP)数据

释然:得失之间观天下 / 孙丁丁著. —北京：现代出版社，2013.12
(身心灵魔力书系)

ISBN 978 - 7 - 5143 - 1982 - 8

Ⅰ. ①释… Ⅱ. ①孙… Ⅲ. ①散文集 – 中国 – 当代

Ⅳ. ①I267

中国版本图书馆 CIP 数据核字(2013)第 313625 号

作　　者	孙丁丁
责任编辑	赵　妮
出版发行	现代出版社
通讯地址	北京市安定门外安华里 504 号
邮政编码	100011
电　　话	010 – 64267325 64245264(传真)
网　　址	www.1980xd.com
电子邮箱	xiandai@ cnpitc. com. cn
印　　刷	北京兴星伟业印刷有限公司
开　　本	700mm × 1000mm　1/16
印　　张	13
版　　次	2019 年 4 月第 2 版　2019 年 4 月第 1 次印刷
书　　号	ISBN 978 – 7 – 5143 – 1982 – 8
定　　价	39.80 元

P 前 言
REFACE

- -

　　为什么当今时代的青少年拥有幸福的生活却依然感到不幸福、不快乐？怎样才能彻底摆脱日复一日的身心疲惫？怎样才能活得更真实、更快乐？

　　许多人一踏上社会就希望一鸣惊人，名利双收地拥有一切。这样急功近利，不注重人生的积累，是难于起飞的；相反，能不辞辛苦地为自己拓展好助跑的跑道，从而争取优势不断发挥，才能逐渐使事业有所发展。那么给生命一个助跑的过程吧，这样，我们的人生就可以飞得更高。

　　一个人的成长、成熟、成功，其实是一个不断进行积累的循序渐进的过程，人的身上要拥有无穷大的潜力，主要靠平时的积累。助跑的过程其实就是让自己的潜力得到极致发挥的一种措施，就是为了让自己跑得更快、跳得更高、跳得更远。可以说，助跑的过程是一个漫长的过程，但没有这个过程是不可能最终获得成功的！我们每天都在积累，我们每天都在助跑，因为我们的心中有一个目标！

　　越是在喧嚣和困惑的环境中无所适从，我们越觉得快乐和宁静是何等的难能可贵！其实"心安处即自由乡"，善于调节内心是一种拯救自我的能力。当人们能够对自我有清醒认识，对他人能宽容友善，对生活无限热爱的时候，一个拥有强大的心灵力量的你将会更加自信而乐观地面对现实、面向未来。

本丛书将唤起青少年心底的觉察和智慧,给那些浮躁的心清凉解毒,进而帮助青少年创造身心健康的生活,来解除心理问题这一越来越成为影响青少年健康和正常学习、生活、社交的主要障碍。本丛书从心理问题的普遍性着手,分别描述了性格、情绪、压力、意志、人际交往、异常行为等方面容易出现的一些心理问题,并提出了具体实用的应对策略,以帮助青少年读者驱散心灵的阴霾,科学调适身心,实现心理自助。

C目 录
ONTENTS

第三章　知足心安　获取幸福

第四章　随缘处世　心无挂碍

第五章 淡然忘怀 寻回真我

释然——得失之间观天下

第一章
学会放下　超越自我

失败也是我需要的,它和成功对我一样有价值,只有在我知道一切做不好的方法以后,我才能知道做好一件工作的方法是什么。

——爱迪生

过去的痛苦就是快乐。无论多么艰难一定要咬牙冲过去,将来回忆起来一定甜蜜无比。

——加墨特

我们必须接受失望,因为它是有限的,但千万不可失去希望,因为它是无穷的。

——马丁·路德·金

排解心理压力

生活在这个纷繁复杂的社会当中，不可能没有压力。要想改变这种情况，可采取下列的方法舒缓情绪，排解积累的压力。

一、面对现实

每个人都有自己的理想和抱负，对未来都充满了憧憬。但是这种愿望应该建立在实际的、力所能及的基础上，过高的期望只会使人误以为自己总是倒运而终日忧郁。有些人是"完美主义者"，而世界上的事情不可能尽善尽美。所以，应该调整自己的生活目标，客观地评价事情，评价自己，得意淡然，失意泰然，在积极进取的同时，拥有一颗坦然面对成功与失败的平常心，才能使自己心情舒畅。

二、宣泄合理

通过宣泄内心的郁闷、愤怒和悲痛，可以减轻或消除心理压力，避免引起精神崩溃，恢复心理平衡。"喜怒不形于色"不仅会加重不良情绪的困扰，还会导致某些身心疾病。因此，对不良情绪的疏导与宣泄是自我调节的一种好办法。一位运动员受到教练员训斥后很沮丧，不久便引发了胃病，药物治疗也不见效。心理学家建议他在训练中把球当教练员的脸狠狠地打，采用此法后他的胃病果然好多了。

不过这种宣泄应该是建立在合理的基础上。打砸，吼叫，迁怒于人，找替罪羊（丈夫、妻子、孩子、同事），发牢骚或说怪话等都是不可取的。宣泄应是文明、高雅、富有人情味地交流。有人说："一份快乐由两个人分享会变成两份快乐，一份痛苦由两个人分担就只有半份痛苦。"如果把烦恼、痛苦埋藏在心底，只会加剧自己的苦恼，而如果把心中的忧愁、烦恼、痛苦、悲哀向你的亲朋好友倾诉出来，即使他无法替你解决，但是得到朋友的同情或安慰，你的烦恼或痛苦似乎就只有一半了，这时你的心情就会感到舒畅，该哭的时候就痛痛快快地哭一场，释放积聚的能量，调整机体的平衡，大雨过后有晴空，不良情绪就会一扫而光。

三、转移注意力

从前,有个老太太整天愁眉苦脸:天不下雨,她就挂念卖雨伞的大儿子没生意做;天下雨了,她又忧心开染房的二儿子不能晒布。后来,有个邻居对她说:"你怎么就不反过来想想呢?如果下雨了,大儿子的生意一定好;如果不下雨,二儿子就可晒布。"老太太一听恍然大悟,从此不再愁眉不展。这个故事就是对反向心理的极好诠释。

当与人发生争吵时,马上离开这个环境,去打球或看电视;当悲伤、忧愁情绪发生时,先避开某种对象,不去想或遗忘掉,可以消忧解愁;在余怒未消时,可以通过运动、娱乐、散步等活动,使紧张情绪松弛下来;有意识地转移话题或做点别的事情来分散注意力,可使情绪得到缓解。例如,司马迁惨受宫刑而著"史家之绝唱,无韵之离骚"的《史记》,歌德因遭遇失恋才写出世界名著《少年维特之烦恼》。

人们面对困境而产生懊丧情绪时,不妨从相反方向思考问题,这能使人的心理和情绪发生良性变化,得出完全相反的结论,使人战胜沮丧,从不良情绪中解脱出来。我们应该多接触令人愉快、使人欢笑的事物,避免和忘却一些不愉快的事。与其"不懈奋斗、孜孜以求",最后"衣带渐宽",面容憔悴,不如潇洒一些,干点快乐的事。

学会放下

　　人生在世,有些事不必在乎,有些东西必须放下。该放就放,这样你才能够腾出手来,抓住真正属于你的快乐和幸福!

　　人生万象,快乐无处不在。烦心事人人有,事情办好是快乐;办不好,能随遇而安,也是一种快乐。身体的劳累可以用休息来缓解,心灵的疲惫却难以消除,所以要努力学会放下。只有放下才能找回真实、简单、轻松、快乐的自我。

　　有一个人不堪忍受生活的重负,没有丝毫的快乐可言。于是,他去请教一位德高望重的哲人。哲人把一只竹篓放在他的肩上,说:"你背着它上路吧,每走一步就从路边捡一块石头放在里边,看看有什么感受。"那个人虽然大惑不解,可还是按哲人说的办了。刚走几百步,他就感到不堪重负,因为竹篓里已经装满了沉重的石头。

　　"知道你为什么不快乐吗?因为你背负的东西太沉重,已经把快乐压抑殆尽了。"哲人从竹篓里一块一块地取出石头说,这块是功名,这块是利禄,这块是小肚鸡肠,这块是斤斤计较……当大半篓石头被扔掉后,那个人再次背起竹篓走起路来,感到了从未有过的轻松。

　　生活原本有许多快乐,只因常常自找烦恼而空添了许多愁。一边在努力地追逐快乐,一边又放不下心中的累赘,把不该看重的事情看得太重,总想放下些什么却总也放不下。每日在尘世穿梭,忙着经营自己的世界,对工作、生活、朋友、亲人们的期望值不断升高,到头来却什么也没改变,什么也没有得到。想想这样是多么的幼稚与浅薄。

　　放下就是快乐,所以要看得开、放得下。总把不如意的事记在心里,只会更加不开心。对不快乐的事情应坦然面对,波澜不惊;工作生活中的琐事,该放手就放手;恩怨情仇,无须纠缠,否则只会平添无谓的烦恼。想开了,刹那间就会感到莫名轻松,如释重负,多少天来的苦闷和烦恼,失落和渺茫,一下子烟消云散。走出困境,一切是那么的轻松美好。

释然——得失之间观天下

时下,许多人沉醉于对名利的追求、对金钱的角逐,何谈快乐? 为了一丁点利益,就与昔日的好友反目成仇,快乐从何而来? 心事重重,拿不起,放不下,快乐又在哪里? 小肚鸡肠,斤斤计较,快乐又何处去寻?

生活就像一只竹篓,之所以感到背负沉重,感到不快乐,其实是自找的功名利禄的重负。如果舍得将这些东西抛弃、放下,快乐就会萦绕在你身边了。

智者的简单

到底什么是快乐,这个问题就像哲学里关于"人为什么要活着"的永恒命题一样,可能永远找不到答案。很少有人发自内心地去感受快乐,飞扬在嘴角的笑容有时只是为了掩饰自己错综复杂、千变万化的内心而已。

世界其实很简单,只有人心会随时变得复杂。

人心本也简单,只是在欲望的驱使下才变得复杂。

人变得简单就会快乐,可真正让自己快乐的人又有多少呢? 人变得复杂就会痛苦,痛苦的人却那么多。

人生旅途中,我们总会感觉太累、太乏味,甚至更多的时候,眼里仿佛尽是灰色的景致而没有半点阳光点缀,于是悲观、迷茫、失望、彷徨时时纠缠,让自己陷入难以走出的怪圈,受尽折磨。

智者的简单,并非贫乏或贫困,而是繁华过后的追求,是去繁就简的境界。

追求简单,就是适当地控制欲望。这主要是就物质生活和人际交往的方面而言。精神追求,可能恰恰相反。一个在物质和世俗关系方面追求很少的人,才可能用更多的时间去感悟精神世界的多姿多彩。

事物都具有两面性,欲望也一样。欲望在正常情况下,是生命的内在动力,是追求事业成功不可缺少的推动力。但是欲望若不用理性去控制,就会变成一匹疯马,最终将人拖入毁灭的深渊。

"人"字,只有简单的一撇一捺。可就是这简单的两笔,衍生出形形色色的人,如好人、坏人、善人、恶人,等等。人生,说到最后,也就是从生到死两个字。在这生与死的过程里,要经历风雨飘摇,体验世态炎凉、人情冷暖,这又让简单的人生二字变成未知的、不可理解的复杂。

利益的诱惑、名利的渴求、私欲的膨胀,使我们在行走中不意的,去争取更多、更好的生存和发展空间,轻松愉快地过好每一天,让事业和家庭得到更快的发展和更圆满的幸福。眼前的不如意永远都是短暂的,放弃也许能换来更广阔的人生天地。

从前,晋国想攻打小国虢,而进攻虢必须经过虞国。因此,晋王赠给虞国国王很多宝物与骏马,要求虞王让晋国军队通过虞国,使他们能顺利攻打虢国。虞国一位大臣极力反对借路给晋国。他说:"我国与虢国关系十分密切,如果借路给晋国,那么虢国灭亡之时也将是我国灭亡之日。请陛下立刻拒绝他们的礼物。"

但是,看着眼前耀眼的宝石和美丽的骏马,国王早已心花怒放,听不进一句忠告,马上下旨借道给晋国。结果正如大臣所说,晋军灭了虢后,便回程攻破虞国,得到了更多的宝石和骏马。

贪心的国王因眼前小利而不考虑后果,终至亡国。也许有人会取笑虞王的愚蠢。在该和时不和,结果因小失大。所以,在这种情况下,必须忍痛割爱,放下欲望,以达平静。

魔力悄悄话

放下,是睿智的人生态度,是为了今后的路走得更远、更顺。暂时地放下是大彻大悟,是明智豁达的人生境界。这种放下,会让你获得更多的东西。

选择与放弃

人生中,必要的放弃不是失败,而是智慧;必要的放弃不是削减,而是升华。同样的道理,放到职业生涯中,也体现得淋漓尽致。很多时候,由于贪多求全,面面俱到,不及时放弃,最终吃了大亏。不懂得放弃的人的内心有错误的贪婪的思想——我全都要! 结果事与愿违,想要的得不到,不要的全来了。

人生路上你应永远向前看,身后的足迹就让它留在身后吧,前进才是可取的人生态度。人在途中经历过的种种,既有可能成为你的动力,也可能成为绊脚石,这取决于个人观念。

有太多不会放弃的人,总给自己背上很多沉重的包袱,甚至是愚蠢的负担。比如那些式样过时,穿上使人感觉很不舒服的旧衣服,许多人却不想扔掉,让它们占据着本就拥挤的空间,还要时常收拾整理,既费时又费力;还有很多自己不喜欢的照片,从来不想着把它们销毁,日积月累地收藏在影集里,看一次别扭一次;还有很多从来也用不上,也没什么纪念意义的东西等等。

歌唱家帕瓦罗蒂在回顾自己的成功之路时,这样说过:"选择和放弃是一件痛苦的事,但却是成功的前提。"是的,有时刻意地追求,得到的却是相反的结果。就像人们总喜欢追求完美,结果却把事情弄得不可收拾。不懂得放弃的人,常会因小失大。得失得失,不失哪有得。

魔力悄悄话

选择与放弃是最难以决定的事,要注意不能因小失大,要做到舍小求大。千万不要害怕放弃,成功也罢,失败也罢,都需要松手放下。松开手,放下失败,敢于重新再来,就会迎来人生最大的超越。

经常释放自己

人世间总有无数的烦恼,然而那些让世人烦恼的,是心,还是境? 世人总是不能在每一个当下,都能以一颗空灵的凡心去面对这个世间的纷纷扰扰。

朗心一颗,明目一盏。

静看庭前花开花落,坐观天上云卷云舒。自我是世人难以放开和舍弃的,一切快乐与悲伤,慌乱与忘形,都是从执着于自我开始。为何不能放下自我,安稳内心,与平静的快乐不期而遇?

湖水中的一轮月亮,再逼真也不过是月亮的影子罢了,就如心中的烦恼忧愁,别人如何开解也只不过是别人的开解,自己如若放不下,自然也就达不到无我的境界。

内心的苦闷需要释放出去,才能有更多空间储存快乐。让万物随内心所动,然后得真自在。

从前,有一位将军,一生征战,打了无数的胜仗,得到了朝廷无数的嘉奖,然而晚年将军却一直不快乐。每每有人提起他的丰功伟绩之时,将军都不是面露笑容而是稍显惆怅。

一日,将军专程到大慧宗杲禅师处要求出家,他对宗杲道:"禅师,我现在已看破红尘,请禅师慈悲收留让我出家,让我做你的弟子吧! 每当我想起自己十年沙场征战,心中总会不安,求大师收我为徒,为我指点迷津。"

宗杲禅师说:"你已经成家,家中有妻儿父母,又曾经在朝为官,一身的世俗习气,十余载都不曾放下,又哪是一朝一夕可以得道的?"

将军接着说:"禅师,我现在什么都放得下,妻子、儿女、家庭都不是问题,请您即刻为我剃度吧!"

宗杲禅师又说:"再说吧!"却还是不肯收将军为徒。

将军没有办法只能先行回家,但是将军并不放弃,第二天,将军起了个大早,禅师还没有起床做早课,将军就已经在早课堂等待禅师。

"将军为什么那么早就来拜佛呢?"禅师问道。

"为除心头火,除去心中的戾气,洗脱自己的罪孽,才早起特来拜见大师。"将军学习用禅语和禅师说道。

"起得那么早,不怕妻偷人?"禅师忽然一笑,然后问道。

"你这老顽固,我一心求法,你却处处为难我!"将军十分生气地指着禅师的头说。

"贫僧轻轻一拨扇,你就按捺不住自己的脾气,如此暴躁的脾气,是你几十年为官养成的恶习,又岂是一朝一夕能够放得下的?"禅师回答说。

"那我该如何是好?"将军继续问道。

"经常放下,如今你因为当下受到了良心谴责便要拜我为师,只是一时放下,并非真正放下。"禅师心平气和地说。

"那么请问禅师,怎样才能做到真正放下,怎样才能让自己真正快乐起来呢?"

"经常释怀。"禅师眯着眼笑着说道。

"请求大师开解。"将军说道。

"来果禅师曾经说:'供香则身口不臭,供花则相貌端严,供灯则心眼光彻,供水则恶病全消,供果则富乐尊荣,供珠则身钦洁贵,供衣则福寿绵长。'可见,经常放下才能释怀心中的郁闷,将军如今只是一时放下,又岂能将前半生的忧愁全都释放? 与我佛修行,皆是一个循序渐进的过程,世间之事也没有如此投机取巧的道理。"大师回答道。

将军顿时心胸开阔,明白了禅师的良苦用心。

自此开始潜心修佛,二十年吃斋念佛,摒弃了之前的诸多恶习。

禅诗有云:"心正则一切皆正,心净则一切皆净。"

禅的最高境界缘于放下,放下的智慧很多时候便是得与失的智慧。失去即是得到,是源自一种豁然开朗的心境,过去的事情终会过去,繁花似锦也罢,穷凶极恶也罢,到了生命的尽头都会化作一缕青烟随风飘散,然而在这"归零"之旅中,依依不舍,不肯释放心中的情愫又何苦呢?

人生在世,浮躁苦恼又何止千万,这些烦恼如同身上的污垢,只有经常清洗才能保持身体干净整洁。

身体如此,人心亦是如此、逝者如斯夫,不舍昼夜——过去的事情既然过去,又何必执着?经常释放,才能真正快乐。

懂得看开

世人常说，人生不如意事十之八九。那些在人们看来无法释怀的感情，也会随着物换星移、时空变幻被一一放下。

最是人间留不住，朱颜辞镜花辞树。人生就像一次旅行，没有永恒不变的伴侣，也没有永远不变的风景。那些悲伤如身上的行李，一身轻装上阵的人，自然会比负重行走、步履艰难的人快乐很多。

懂得放下，懂得看开，才能一蓑烟雨任平生，才能任风吹浪打我自岿然不动。

放下固执与强求，看开现实与红尘，所谓不如意，都是执念而已。过分的执念如逆风而行的掌灯，最后只能引火烧伤自己。忘记描绘不及的高处，不看悬于头顶的海市蜃楼，一切执妄的假象，都不过是放不下、看不开的心事而已。

有一则关于白居易向佛学求教的故事。

香山居士白居易在 44 岁的时候被贬为江州司马。"座中泣下谁最多？江州司马青衫湿"道尽了他当时的郁郁不得志。

有一次郁郁寡欢的白居易遇到了惟宽禅师，于是向惟宽禅师求教自己该怎么办。

白居易说："在大师看来，身体、表达和内心是怎样各自修行的？"

惟宽禅师说："这世间修行分为三种人，一种人可以身体不受自己控制，嘴巴和心意不一致，心里真正的想法不敢直视，这是第一种人。他们是还没有意识到佛法禅道的人。一种人可以做到身心合一，嘴耳口鼻都能协调一致，也能真正明白自己心里的想法，这是第二种人。他们是明白佛法禅道，心如明镜的人。最后一种人，他们心里已经没有眼耳口鼻，这世间万物就是他们的眼睛耳朵。他们没有心事，因为他们放下了他们自己，这是第三种人。"

白居易继续追问道："那么第三种人是怎么区别于第一种人和第二种人的呢？我需要怎样做才能修行到这样呢？"

惟宽禅师说道："就如你现在放不下前尘往事，就像第一种人和第二种人一样，第一种人只记得自己的好，第二种只记得自己的孽，都不能做到真正的拿起放下。"

白居易问道："怎么才能拿起放下？"

惟宽禅师道："前尘往事就像心里的诟病一样，你看得太重，它就会在你的眼睛里住下，功名利禄就会让你的眼睛蒙蔽，让你的心灵生病，就像乌云遮蔽了天空，疾病瓦解了你的意志。"

没等白居易追问，惟宽禅师继续说道："纵观古今的大师行者，都是可以拿得起，放得下的人。真正有修为的人，已经不会为身边的事物所牵动，经常思考得失会执着，经常计较会失败，这便是快乐的真谛。"

白居易这才有所领悟，也最终放下功名利禄，成为佛教的一位行者。

时光流逝，这是我们每个人在生命历程中每时每刻都能体会到的。凡尘俗世，也是年幼时期所热衷执着的事情。

就如故事里的白居易，人到中年却被贬江州，前半生的功名全都如烟云般远离自己，44岁的他在落魄的时候遇到了惟宽禅师，在惟宽禅师的指点之下明白人生得失与快乐的关系——放下、看开，人生自然会快乐起来。

然而，人世间留不住的，又何止朱颜和花颜。

物换星移，世间没有什么东西是永远不变的，上一刻的妙龄少女，可能下一秒就会香消玉殒；攥在手心的荣华富贵，可能像握在手心的流沙，在不经意间便从指间偷偷溜走。我们的身边每时每刻都发生着你无法控制的变化，与其执着于那些你不能改变的过去，不如着眼于你正在面对的现在。

握不住的沙，不如扬了它。

时间总是残酷的，不会为你惋惜，也不会为你停留片刻。

生命总是脆弱的，小小的碰撞就能让人如繁星般陨落。

看透了，你就会思考，这个世间到底有什么是值得我们紧紧抓住不放手的？

想要看开这世间一切烦琐之事，又该是困扰过多少人的烦心事。如故事里惟宽禅师所言，前尘往事就像心里的诟病一样，你看得太重，它就会在你的眼睛里住下，功名利禄会蒙蔽你的眼睛，让你的心灵生病，就像乌云遮蔽了天空，疾病瓦解了你的意志。想必也只有看开这一切，才能拨开乌云见青天，守得云开见月明。

魔力悄悄话

唯有放才有得，得而知放，放而复得。

不舍一株菊花　哪得一村菊香

付出不等于收获,但不付出就没有收获。

佛家有言:好事给他人,坏事予自己,意为舍弃小我,才能成就大我。佛言又道,布施于人,便是布施自己,功德是不落空的。付出的时候,其实是成就了自己的德修,也度化了他人。

天下熙熙,皆为利来;天下攘攘,皆为利往。人皆有贪念,因利而来,趋利而去,世上又有多少人能参透有舍才有得的道理?死水无鱼,放生一尾,可得一池生气;道旁无花,挑夫日夜以漏桶挑水,水漏一路,也是舍,却换得一径花香。

古时候,有一位老禅师在禅院里栽种了一棵菊花,多番细心照料之下,菊花终于盛放,黄灿灿地开满了整个院子。那香味便随着花开,散播四方,引得山下前来参拜的村民,每次经过都会赞叹:"好香的花儿,开得真是好看!"

村民们都很喜欢那香气四溢的菊花,但是他们都知道禅师是个极其爱花之人,所以不敢轻易去摘取。一日终于有个村民忍不住对菊花的喜爱,开口向老禅师讨要菊花。老禅师毫不犹豫地答应了。老禅师还挑选了花开得最艳丽,枝茎最粗壮的几株菊花,送给了讨要之人。

村民回去以后便开开心心地把菊花栽上了。消息一传出去,前来向老禅师讨要菊花的人络绎不绝。老禅师没有拒绝任何一个人的要求,细心为他们挑选菊花,将长得好看又容易成活的菊花,都送给了喜欢菊花的村民。

原本菊花满园的禅院,很快就成了光秃秃的一片,恢复了最初的荒凉。

老禅师的一个弟子看着狼藉的院子,对比往日满院繁花,不由得感叹:"师父啊,你真是太过于慷慨了。搞得现在自己的院子,一点生气都没有。"

老禅师却一点也不伤怀,只是满怀深意地笑着对弟子说:"你若是想着,我们少了这一院菊花,而换得了三年后的一村菊香,就不会觉得这院子太落窦了。"

老禅师会心的笑容,让弟子觉得这笑容比之前那满院的菊花要灿烂很多。

老禅师接着说道:"我们喜欢的东西,如果可以遇到同样懂得欣赏的人,就应该慷慨送给志同道合之人。把最美好的东西拿来和别人一起分享,那么即使自己最后一无所有,也是件幸福的事情。因为我们成全了乐于分享的自己。"

一院菊花,换得一村菊香,老禅师的慷慨,其实是大智慧啊。

我们握得玫瑰在手,对那艳丽心生喜欢,即使手心被刺也不愿意轻易放手。不过如果为那长远所想,愿意割心头之所爱,将手中玫瑰插入泥土,或许能护得它生根发芽,换得来年花香满园。

高山流水,如遇知音,那千古绝唱就可传诵更远。比起得,舍,有时候更让人觉得满足。

我们在生活工作当中,其实分享的也不过为别人送一颗自己喜欢的糖果,赠一件自己欣赏的衣服,仅此而已。心头所爱,被人所欣赏,才是最幸福的事情。而我们自己本身,如果能让身边的人开怀一笑,也是莫大功德。

魔力悄悄话

大舍大得,小舍小得,不舍不得。

世间万般皆有因果,此处播的种,也能在别处开出花。舍弃一些,才能得到一些。

精神的解脱

人生在世，有太多的难以割舍，功名利禄、爱恨情仇，这些往往让世人活得不堪重负。可是，世人却依旧不愿放下、舍弃。《金刚经》中说："无所住而生其心。"这句话的意思是说，放下心中的一切执着，才能得以解脱。

有一个年轻人出远门办事，一路翻山越岭，很是辛苦。一次，经过一段险峻的悬崖时，年轻人一不小心，身子便往深谷中掉了下去。

情急之下，他双手在空中乱抓，碰巧抓到了崖壁上一棵枯树的老枝丫，才总算没掉到谷底而粉身碎骨。可是，年轻人被悬在半空中，上不来，也下不去，正在进退两难，不知道如何是好之际，忽然看见一个佛陀，站在悬崖峭壁上望着自己。

他喜出望外，慌忙请求佛陀解救自己，佛陀说："我救你可以，但是，你必须听我的话。"

年轻人说："都到了这个时候，我还有什么不能听您的？您说什么，我都会听的！"

"好吧，那现在你就把抓住树枝的那只手松开。"

听佛陀这样说，年轻人心想："我若把手松开，一定会掉进深谷中去，到时必死无疑。"

于是，他不但没有放手，反而将那根树枝握得更紧；佛陀见此人执迷不悟，摇摇头离开。

悬崖上撒手，看似不可能有生还的机会，而其实，放下又何尝不是一种精神的解脱。宋代的释道原在《景德传灯录·苏州永光院真禅师》写道："直须悬崖撒手，自肯承当。"意思是说，执着于悬崖之上而不肯撒手，又哪里会有重新开始的机会？

放下，说起来容易，做起来的确很困难。而有时候，人们拥有家财万贯，却茫然不知道自己为何还是不快乐。

有这样一个富翁，他一直觉得自己不快乐。一天，他背上许多的金银财宝去外面寻找快乐，翻越了很多山，趟过了许多河。可是，依旧没有找到快乐在哪里。后来，他遇到一个砍柴的樵夫，于是就问他："到哪里才能找到快乐呢？"樵夫把身上沉甸甸的担子放了下来，一边用手抹着额头上的汗水，一边反问道："快乐还用寻找吗？我一放下这担柴，就觉得很快乐了。"这位富翁想了一下，恍然大悟："自己整天背着这么重的财物，既累，又要每时每刻地担心着自己会被抢劫。所以，何来的快乐啊？"

世人总是给自己担负重重的包袱，为名、为利，虽然知道名利累身，但就是无法舍弃。殊不知，世间万物，道法自然，万事皆有荣枯。

一天，唐朝著名禅师惟俨带着两个弟子道吾和云岩下山，途中惟俨禅师指着路边的一棵枯木问二人："你们说，枯萎好，还是茂盛好？"

弟子道吾毫不犹豫地说："肯定是茂盛好啊。"惟俨听后摇摇头说："繁华终会消失。"云岩听师父如此说，马上回答道："依我看还是枯萎好。"禅师依旧摇了摇头说："可是枯萎也是会消失的。"

正在此时，迎面走过来一位小和尚，惟俨禅师便也向他提出了同样的问题。这个小和尚不慌不忙地说："枯萎的就枯萎，茂盛的就茂盛，随它们去好了。"

惟俨法师听了小和尚的话，欣慰地点了点头说："这个答案颇有哲理，世间万物就要顺其自然，不要执着。"

老子说："人法地，地法天，天法道，道法自然。"世事自有它的发展规律，一切只需顺应便好。而人们却往往不是这样，总是执着于曾经拥有的，执迷于即将得到的。

世上没有什么命里注定的不幸，只有不肯放手的执着。如果世人懂得放下，就会重获"新生"，对人生也就有了新的认识。

俗话说："做人要拿得起，放得下。"不论是在金钱、名利还是在错误面前，都要学会放下，再给自己一次重新开始的机会，让内心少一分纠结，让生命多一些洒脱。

释然——得失之间观天下

人活一世，为名为利，没有的时候，绞尽脑汁地想要获得；而得到了之后，又怕失去，为自己所拥有的一切提心吊胆，生怕一切都转瞬即逝，于是，内心总是惴惴不安。有时候，一脚踏进泥潭，又不知道该怎样转身，这就产生了烦恼、沮丧等消极情绪。

其实，所有的烦恼都是因为不能放下，进而被生活的重压逼迫得难以喘息。如果学会了放下，就会发现"苦海无边，回头是岸"。

砍断名利之缰

从古到今，人们一直被名利缠身，你争我夺，一辈子绞尽脑汁地去取得、去占有。片刻的满足之后，又陷入另一场硝烟之中，哪里还有什么更多的时间去体验生活的快乐呢？

关麟征是黄埔军校的一名军官，曾经在国民党军队中担任要职，经历了大半生的戎马征战和宦海沉浮，也逐渐看破了官场中的你争我夺，终于在1949年的时候，毅然辞去陆军总司令一职，从国民党军界中退出，并拒绝接受蒋介石要他飞往台湾的命令，借故隐居香港。此后，他不再参加任何政治性的社会活动，不接见记者的采访，并与所有党政军界的旧相识断绝来往，把读书写字当作人生最大的乐趣。后来，蒋介石和蒋经国几次许他高官厚禄，都没能打动他回归政坛。从44岁退出军界到85岁去世，关麟征一直过着闲云野鹤的生活。

这位当年的陆军司令，可以说是一位智者，他知道如何才能让自己过得更为舒心。

乾隆年间，有一位名叫知客的和尚，他聪明博学，深得乾隆皇帝的欣赏。一天，乾隆只带了一两个随从，化名高天师到金山寺附近微服出游，知客方丈见乾隆仪表不凡，便知他必不是一般游客，于是亲自引领乾隆走上崎岖的山寺石阶，小心翼翼地侍候着到了寺院的山顶，山脚下是茫茫的一片江水，江中来往商船络绎不绝，见此情景，乾隆忽然问陪在身边的和尚："请问禅师，江中每天来往的有多少船只啊？"知客一听乾隆的话，便知这个问题问得深刻，江上每天来往的船只可以说是不计其数，如何数得过来，这让他更坚信眼前之人非等闲之辈，就略加思索回答道："一般人看来，江上每天是百舸千帆，可是，在贫僧看来，这来来往往的也不过是两艘船而已。"

乾隆听和尚如此回答觉得很奇怪,于是疑惑地问道:"每天来来往往的船只这么多,你怎么说只有两艘船呢?"知客禅师不慌不忙地答道:"就是只有两艘,一艘为名,一艘为利。"

乾隆皇帝听完和尚的话,觉得这个和尚真是聪慧过人,与众不同。

可不是吗?世上之人一生劳顿皆为"名利"。有的人虽然一生辉煌,却也是背负着名利的重石;有的人虽然视富贵荣华如草芥,却一生坦荡、自由。人若放下对名利的追逐,则会在平淡的生活中发现大美、大爱。因为拥有了一颗澄澈的心,也就知道了怎样去爱别人,心底无私天地宽。

人常说:"在其位,谋其利。"可是,王尔烈却能抗拒在铸钱这大好时机的诱惑下,不贪污国家的一文钱。可见,他把名利看得很淡。不慕名利,甘于清贫,这是一种人生的大境界。

名利的诱惑不是一般人所能抵挡的,世人常常被心中的欲望所驱使,为了获得、占有,尔虞我诈,甚至不惜以身试法,而真正能做到清心寡欲,面对名利诱惑而处之泰然的人少之又少。

可以说,名和利是两张无形的大网,人们一旦陷进去,就会越陷越深,生命也会被这两张网勒得喘不过气来,更何谈从容潇洒地活着呢?所以,智者选择远离名利,追求恬淡悠然的生活。

宋代的雪窦禅师一直过着云游四海的日子。一天,他在淮河边遇见了曾会学士,曾会看见禅师后,非常热心地问:"大师,您这是要去哪里啊?"大师很礼貌地说:"现在还没定下来呢,或许去钱塘,或许去天台看看。"曾会听后,说:"灵隐寺的主持与我交情深厚,我现在写封介绍信给您带着,他们看到这封信后,一定会好好地招待您。"

于是,雪窦法师去了灵隐寺。但是,到了那里之后,他却没有把曾会的介绍信拿出来给主持,而是在那里潜心修佛。

转眼三年过去了,一天,曾会奉命来到浙江,突然想起他与禅师曾经相见之事,于是便来到灵隐寺找雪窦。谁料,全寺院的人没有一个知晓雪窦禅师在哪里。曾会不相信雪窦禅师不在寺院,于是亲自到云水僧人住的地方去寻,找了好半天,终于看到了禅师。曾会不解地问:"大师,为什么你不去见主持而在这里隐居呢?是不是我给你写的信,被你弄丢了?"

雪窦禅师笑着摇摇头,说:"岂敢,岂敢,我不过是一个云水僧人,一无所求啊。"说完,将那封保存完好的信拿出来交给了曾会,两个人相视一笑。

灵隐寺的主持非常惜才,后来把雪窦禅师推荐给了苏州萃峰寺主持。在那里,雪窦最终成为一代大师。

放弃对名利的追逐,并不是让人放弃一切,看破红尘,而只是让人放弃一些无妄的追求。毕竟一个人的智力、能力、精力是有限的,放下不必要的追逐,给自己的心灵留下一块净土。修养德行,看看蓝天碧海、大漠森林,让自然的美丽浸润生命,那样才能活得更通透。

人生的最高境界是无得无失

人的一辈子有许多东西，都需要放弃。人生有得就有失，得就是失，失也是得。

所以，哲人说："人生的最高境界是无得无失。"

而事实上，人很容易迷失自己，大多数人一辈子都在追逐名利：当了官，以为官就是自己的；出了名，以为名就是自己的；赚到了钱，以为钱就是自己的。

可是，在我们没有这些身外物之前，我们也是我们自己的，而有了这些东西之后，我们还是我们自己的。在没有为虚名所累之前，可能会活得更快乐一些。

很多人都不知道自己一辈子真正想要的生活，到底是什么样子的。虽然觉得自己在追求着自己的幸福，可是很多时候，在追求的过程中却常常陷于患得患失的状态——没得到的时候，渴望得到；得到了之后，又怕失去，使得整个人经常处在焦虑之中。

其实，最明智的做法就是要学会放弃。放弃是一种境界，更需要勇气、智慧。

随遇而安，放弃对权力的追逐，得到的是一种安宁和内心的平静；放弃对金钱的追逐，得到的是轻松和快乐。在这个世界上，没有一个人能什么都得到。所以，我们必须学会放弃。

有一个老人，信了一辈子的佛，每天他都做善事，天天晚上念经诵佛，特别虔诚。老人在年轻的时候得到了一串非常珍贵的佛珠。

据说，这串佛珠有着很悠久的历史，而且做此珠的材料也很难得。老人对它当然是如获至宝，每天都带在身上，佛珠也是日渐变得圆润光滑起来。

一天，一个强盗听说了老人的这件宝贝，便深更半夜潜进了老人的住宅行窃。

不料,老人拼死也要护住这串佛珠,就是不让他得手。强盗怒火中烧,遂起恶毒之心,举起手里的钢刀刺向老人,老人身中数刀,毙命。

众人看到老人凄惨的死状后,都跑去问佛祖:"老人对佛祖那么虔诚,为什么没有得到佛祖的庇佑,反倒是任那个恶人把他杀死呢?"

佛祖面对大家的质问,长长地叹了一口气说:"我本来是想救他一命的,只要他放手就行。可是,谁知道他到死都不肯撒手,我又能怎么办?"

的确,老人之所以丢掉了性命就是因为他太过在意身外之物。也就是说,他不懂得舍弃,才会让自己走向绝路。生命无法承载太多的东西,当我们舍弃的时候,也是一种获得。抓住是一种毅力,而舍弃又何尝不是一种智慧呢?

在第二次世界大战之后,英法美战胜国的首脑们几经商量,决定在美国纽约成立一个协调处理世界事务的一个联合组织——联合国。在一切工作准备就绪后,大家才发现,这个未来在全世界至高无上、最具权威的组织竟然还没有一个立足的地方。

买一块地皮,对于刚刚成立,身无分文的联合国来说,是个棘手的问题。牌子刚刚挂起来,就让世界各国拿钱,向他们摊派财政支出任务。这种做法很是不妥,也会造成太大的负面影响。更何况整个世界刚刚经历了第二次世界大战的浩劫,几乎所有的国家都是国库空虚,有一些国家甚至债台高筑。而且在纽约那样地皮昂贵的城市,买一块地需要花费很多的资金,为此,联合国也是一筹莫展。

美国著名的家族财团洛克菲勒家族听到这个消息后,经过商议,果断地拿出870万美元,在纽约买下了一块地皮并将它无条件地送给了刚刚成立的联合国机构组织。与此同时,洛克菲勒家族还买下了这块地皮附近的大片土地。

洛克菲勒家族的这一举动,令美国很多大财团大佬都惊讶不已。870万美元这样庞大的一笔数目,洛克菲勒家族就这样将它捐了出去,并且什么条件也没有。

当时,这个消息一经传出,便被美国的许多财团大佬当作笑谈,觉得洛克菲勒家族简直就是"愚人的举动",并妄下断言:"这样经营下去,不出十年,洛克菲勒家族财团就会变成洛克菲勒家族贫民集团。"

然而,令人没有想到的是,在联合国大楼刚刚建成之后,周边的地价就立刻疯狂猛涨,相当于捐赠出去的十倍或是数十倍,甚至近百倍的资金回流。巨额的财富滚滚而来,让洛克菲勒家族财团大赚了一笔,令那些曾经讥讽过洛克菲勒家族的财团大佬个个目瞪口呆。

当时,洛克菲勒家族正因为敢于放弃眼前的利益,才获得了更大的利益。世人常常只想着"得"而不愿"失",越想得到的更多,可能到最后什么也得不到。所以,"舍"才是最高的境界。

人生是舍得的过程

　　人生活在世界上处在一"舍"一"得"的选择之中。每个人的人生都是自己选择的结果,有舍必有得,有得必有舍。如何舍得是一门学问。只有会舍得的人,才能生活得幸福安乐。每个人都有自己的欲望,名利、权势和感情,欲望是人的本性,是人生活的希望,同时也是一头猛兽,让我们难以控制。然而,如果你从另一个角度来看,把它看成是一种取舍的问题,只取主干,舍去旁枝,一切就会豁然明朗。

　　人生就是一个舍得的过程,老子、庄子都懂得舍得之道,明白在不同阶段会有不同的得失。如果每个人都能舍去心中的固执、烦恼、忧伤,就不会迷惑、失望,就能得到自由快乐。人生在世想得到的东西很多,但是每个人又不得不处于选择之中。你选择了工作就放弃了娱乐;你选择了睡觉就放弃了读书;你选择了米饭就放弃了面条。你的生活就是你所选择的。夜深人静时,望着天上的繁星你也许会问,我是该为梦想远行,还是与家人一起享受天伦之乐? 孟子曰:"鱼,我所欲也;熊掌,亦我所欲也。二者不可兼得,舍鱼而取熊掌者也。"每个人都有自己的生命轨迹,这是一个选择的过程。

　　有兄弟二人立志游历拜佛修道,可惜家有年长父母,年幼弟妹,老大的妻子还体弱多病,所以一直不能远行拜师。

　　一天,有一位得道高僧从他们家门前路过,兄弟俩看到后,想要拜其为师,并把家里的境况向高僧诉说。高僧喃喃说道:"舍得,舍得,没有舍,怎会得? 你兄弟俩悟性不足,五年后我会再来。"说完,高僧飘然离去。哥哥突然醒悟,手持经书离家远行。弟弟看着年老的父母、年幼弟妹还有多病的嫂子,舍不得离弃。

　　五年后,哥哥回来,手持经书,念经诵佛,气质非凡。而弟弟,则弯腰驼背,面容沧桑,表情呆滞。高僧如约而至,问二人悟性。哥哥说:"我五年间,游遍高山平原,踏遍寺庙道观,诵读诗经万卷,感悟万千。"弟弟说:"五年内,我为父母养老送终，帮弟妹成家立业，病嫂恢复健康。无暇顾及诵经念佛，只怕与大师无缘。"高僧听后微微一笑，决意收弟弟为徒。哥哥感到非常疑惑，追问原因。高僧说："佛在心中，不在高山名峰；心中有爱，胜读佛经万遍。父母尚且舍弃，如何普度苍生？舍本逐末，与佛无缘。"

很多人都会像兄弟二人中的哥哥那样，在强烈的欲望驱使下，舍弃了最根本的东西。舍本逐末，忘了自己最终的目的是什么。在舍与得之间，人们不要被自己的欲望牵着走，而是要选择自己最根本的需要，一直走下去，那样才永远不会出错。

舍得是一种选择，而选择中最难的就是舍弃某些东西。舍弃意味着我们将要和这些想要拥有的东西永远地错过，很多人在这个时候都很难抉择。舍弃了名利权谋，你就会粗茶布衣；舍弃了金钱财富，你就不能享受荣华富贵；舍弃朋友亲人，你就要孤独寂寞。如果说舍弃需要勇气，那么你的选择需要你为它付出一生。选择你生命中最不可缺失的，然后下定决心，去追求人生中最幸福的事情。

生命中，只有一件事不能去选择，那就是自己的出身、自己的身体容貌。也许你想要为此而抱怨，可是转念想一下，如果上帝把这个权利也给你，你想怎样都可以，一切都如你所愿，自己只要躺在那里想一下就可以，你觉得这样的生活会如何？不可想象，也很容易想象，你不用舍弃什么了，你一切都是"得"！

《左传》中有一句话："君以此始，则必以此终。"意思是说，如果你选择了某个人，或者某些事物的某一点，就要承担起选择所带来的结果。舍得，舍得，有舍有得。舍得是人生的哲学，也是做人的选择。

有这样一个关于取舍的经典测试题：在一个狂风暴雨的夜里，你开着车路过一个路口，那里有3个人在等车：一个是突发心脏病生命垂危的老人，万分危急；一个是医生，他救过你，是你的救命恩人，你一直在找机会报答他；还有一个人是你这辈子做梦都想要的爱人，错过这次就再也没有机会了。但是，车里只能再坐一个人，你会如何取舍？

最明显的选择有三种：第一是选择老人，因为他有生命危险。第二是选择医生，因为这是报答他的绝好时机，你得知恩图报。而老人的生命就算医好,也不会有多长时间了。第三是选择你的梦中情人,因为这是你这一生中唯一心动的人,而医生以后还有报答的机会。看着这三个选择,究竟该如何取舍?

其实,还有一种选择是把车给医生,让他载着老人去医院,而自己和梦中情人一起等车。但并不是每个人都能这样做,或许很多人都会选择前三种的某个。但不论选择了什么,这就是你得到的,你就得为得到的负责。

最好的选择永远是先舍弃,舍弃那些不必要的负担、欲望,然后才能轻松地面对选择。人生就是一个得到和舍弃的过程,你接受的、得到的都会成就你自己。人生最奇妙的就是,一切得到都是因为舍弃,因为你舍弃了其他的那些,才可以得到你现在拥有的这些。舍得是一种人生哲学,也是伴随你一生的功课。

生活中该放下的

　　人生不会一帆风顺，或多或少总会遇到一些不开心的事情。比如，上班时遇到刁难的客户，受到领导的批评，和朋友发生不愉快，小肚鸡肠的人与你为敌……这些都可能直接影响心情。

　　心情不好，势必影响工作，因此，我们应学会把那些不愉快、不顺心的事统统"放下"。特别是对小肚鸡肠的人，不予理睬就是最大的轻蔑。世上小肚鸡肠、心胸狭窄的人毕竟是少数，大多数朋友都是善意和友好的。看到这一点，就能放松心情了。心情好，不仅有利于工作，还有利于身心健康，两全其美，何乐而不为呢？

　　"明者远见于未萌，智者避危于未形。"放下不是噩梦方醒，不是六月飞雪，也不是优柔寡断，更不是偃旗息鼓，而是拾级而上的从容，闲庭信步的淡然。只有学会放下，才能使自己更宽容、更睿智，在生活中面对选择才能果断做出决策。

　　放下是灵性的觉醒，也是慧根的显现。很多情况下，要想得到一些东西，就必然要舍弃另外一些东西。"名与身孰亲？身与货孰多？得与亡孰病？是故甚爱必大费，多藏必厚亡。""少则多，多则惑。""夫唯不争，故天下莫能与之争。"

　　……必须放弃时，就该果断放弃，这才是真正的智者。唯有放下，才能走得更远；唯有放下，才能得到更多。生活中如果不懂得放下，往往会在无意中失去最珍贵的东西。

　　放下难言的负荷，方能解开心灵的枷锁；放下满腹的牢骚，方能蕴蓄不倦的威力；放下纤巧的诡辩，方能拥有深邃的思想；放下虚伪的矫饰，方能赢得真挚的友情。做生活中的智者，就要先从学会放下、善于放下开始。

　　"放下"在短时间内也许是痛苦的，放下后的重新选择也未必会一帆风顺。但这就是生活，只有学会放下，你才能收获更多，才能体会得更多，才能在出入无门时发现新的契机和希望。

责任不该放下,良知不能放下,情义不能放下。不该放下的无论如何不要放下,否则你就会播下不幸的种子。该放下的自当平静从容地放下,比如过分的欲望、炫耀张扬,胡乱猜忌别人和阴暗的嫉妒等。放不下这些,就是在无端地折磨自己,自寻烦恼,伤己的同时还在伤人,并使自己成为最可怜和可恨的人。

快乐与否其实就在于放下与不放下之间的平衡。做人,至少不该放下正直;处世,至少不该放下宽广的胸怀;做事,至少不该放下厚道。

放弃是另一种选择

人们一直都在提倡做事要善始善终、坚持不懈、永不言弃。然而，随着生活环境的转变，人们的心境也开始变化，"放弃，也是一种选择"的观念已经位居榜首。一定有许多人感到不解，其实，只要人们学会发现该坚持什么，该放弃什么，就会发现放弃其实就是生活的另一种选择。

在印度洋一次罕见的海啸中，一位母亲的选择就让人们明白了该放弃时就放弃的道理。海啸突然来临时，一位母亲正带着两个孩子在近海地带游泳，这位母亲想救两个孩子，可当时的情况根本不允许，她只能选择一个。对一个母亲来说，这无疑是个痛心的选择，最终，母亲心痛地放弃了大一点的孩子，抱着小孩子躲过海啸。然后紧急通知救援人员去救她的大孩子。幸运的是，大孩子也救出来了，安然无恙！倘若那个母亲当时没有选择放弃，她可能谁也救不了，甚至自己也会遇难。

这个故事告诉了人们放弃的价值。也许在生活中人们已经养成了坚持到底的习惯，但绝对不是什么都该坚持，而是要根据自己的情况，放弃不必要的。放弃其实就是坚持的另一种选择。

有一个孩子，想吃瓶子里的糖果，就把一只手伸进装满糖果的瓶子中，抓了满满一大把，手却卡在了不大的瓶口处，怎么也拿不出来。孩子急哭了。这时，一个智者告诉他："你必须放弃一些，才能吃到糖果。"可孩子就是不愿意松手，依然死死地抓着糖果哭泣。

成长过程中，你学会放弃了吗？如果没有，你很有可能就会成为那个抓着糖果哭泣的孩子。现实生活中有太多东西想要拥有，但由于不会放弃，什么都要争，事事都要坚持，反而什么也没得到。

　　其实，人都会做出放弃的选择，比如孩子放弃了重点学校的牌子，却获得了在普通学校上学的好心态；家长放弃了赚钱多却忙碌的工作，获得了和家人相处的时间……

　　人总会面临太多的诱惑，不懂得放弃只能在诱惑的旋涡中丧生；人生有太多的欲求，不懂得放弃就只能任由欲求牵着鼻子走；人生有太多的无奈，不懂得放弃就只能与忧愁相伴。当我们被生活的包袱压得直不起腰时，是否想过做出放弃的选择，让自己活得更轻松些。

　　放弃不是过错。放弃是每个人都有的权利。懂得放弃是人生的大智慧。有选择有放弃，这才是完美的生活。及时放弃，放弃得当，勇于放弃，明天你的太阳会在明朗的天空中蓬勃地升起。放弃，其实是新的开始，更是一种选择。

放下之后

　　从前,有一位特别喜欢兰花的禅师,他在寺院的后院种了许多兰花,讲经说法后,总是抽出时间悉心照料。寺院里的人都说,兰花就像禅师的生命。一天禅师外出,一个弟子受禅师委托,为兰花浇水,却不慎将花架打翻,所有兰花都被毁坏了。弟子很害怕,心想一定会受罚。但禅师回来后,并没有生气,反而安慰弟子:“我之所以喜爱兰花,为的是用香花供佛,美化禅院,并不是为生气才种的。”

　　人生在世,可谓变化无常,必须懂得放下。不要执着于心爱的事物无法割舍,毕竟,喜爱的初衷,并不是为了在失去它时伤心。人生中的许多东西既已失去,不妨就让它去吧。要知道,执着只会让自己更痛苦,唯有放下,才能解脱。

　　人生就像复杂的网,难以用具体概念表述,所以才有了人性善恶之论。不论“人性本善”,还是“人性本恶”,即便争论千年,依然不会得到令所有人满意的答案。人性像水一样善变,它是相当复杂的,它可能是凶猛的洪水,诡异而凶残;也可能是澄澈透明的溪流,温存而宁静。

　　人在面对各种精神压力时如果不懂得放下,时间长了就会被压垮。修炼的人在修行中如果不能放下执着心和欲望,就无法修炼到自由自在的高深境界。

　　佛祖释迦牟尼在世之时,有一位叫黑指的婆罗门来到他的面前,运用神通两手拿起了两个花瓶,前来献给佛陀。佛陀大声对黑指婆罗门说:“放下!”婆罗门于是把左手的花瓶放在地上。佛陀又说:“放下!”婆罗门再把右手的花瓶也放在地上。然而,佛陀还是接着说:“放下!”黑指婆罗门只得回答说:“我已经两手空空,你为什么还要我放下?”佛陀对他说:“我并没有让你放下花瓶,我要你放下的是六根、六尘和六识。

　　人只有达到心静的境界,才不会有深度的迷茫感。世上的诱惑太多,有多少人能真正达到心静的境界呢? 虽然不可能完全抛开世间事,但有一点是要做到的,那就是不要被外界环境干扰。清心寡欲就会轻松自在,随遇而安就能自得其乐,放下就是解脱。做人其实不需要复杂的思想,只要具备了这项简单的智慧,其人生就远离了痛苦与忧伤。

　　人总会受到各种束缚,这种束缚来自外在,也有内在,唯一的解决之道就是放下。放下你追逐的东西,放下你执着的一切,你才能活得更洒脱,才能活得更畅快。

　　生活越简单的人就会越觉得幸福,这个道理并不是人人都懂的。世人在现实生活中如果随波逐流,只去追求物质上的享受,就要经常面对各种生活压力与精神压力,长期下去精神负担将会使人苦不堪言。而要想达到一个轻松自在的思想境界,就必须懂得凡事随遇而安,不必苛求。

放下是心灵的本质

在内心转变的过程中,我们要有勇气放下每一件曾经太过坚持、急于求成的事物,放下过去的偏见、现在的执着、未来的野心,还要具备更多的勇气弃绝傲慢、恶习、自私自利,还有凡事都要满足自我欲望的心。

这听起来好像是一项很艰巨很难完成的任务!你或许还会怀疑,假如我们真正放下一切事物,那么活着还有什么意义可言,还有什么是值得我们去追求的。

或许我们害怕放下所有之后,将会一无所有,一切都将归零,生命从此不再热情,生活也从此不再精彩,甚至人生将徒留空虚和遗憾……但是,反过来想想,当我们试着在放手退让的那一刻,获得的心灵自由与惬意却是满满的,超乎意料的轻松自在。世间之事,纷繁芜杂,假作真时真亦假,真作假时假亦真。陶渊明有诗曰:

结庐在人境,而无车马喧。

问君何能尔,心远地自偏。

这是一种难能可贵的"安心"。从婴儿、孩童、青少年到成年,人们必然是因为不断地放下,才能让生命蕴藏更大的智慧。

人生是一段苦旅。一路走来,酸甜苦辣,滋味百般。那该如何珍重自我、修身养性呢?最重要的就是学会"放下",唯有如此,才能活得自在。

人们无论做什么事情之前,最好先做一番思考,不起贪婪之心,不要因为一时之痴迷,而不考虑事情会产生什么样的后果,做事首先要谨慎和慎重。

放下与养心

　　著名诗人白居易有一次去拜访好友,问道:"请问,做人的道理是什么呢?"好友回答:"诸恶莫做,众善奉行。"也就是刘备临死前告诫自己儿子阿斗的"勿以恶小而为之,勿以善小而不为"的意思。白居易听了,大惑不解,因为做人的道理都是很玄乎深奥的,于是就有些失望地说:"3岁小孩子都知道这个道理。"好友笑了笑,说:"3岁小孩易,80岁老头难!"什么意思? 道理谁都知道,可要做到而且是一辈子坚持就很难了!

　　这就是养心之得。修身养性,圣人之追求,但修身必先修其心,分对错者必知善恶,分善恶必定知其可为,其不可为。修心之人,最怕的就是放不下。明知对错,为世事而放不下;明知善恶,为环境而放不下;明知可为与不可为,为名利而放不下,谁都想真正修心,但若诸多放不下,让其束缚于心,又怎能修身,何谈修心?

　　一个人能达到心静的境界,就不会迷茫,但是很少有人做得到,因为在这个世上有太多诱惑。虽然我们不可能完全抛开世间之事,但有一点是要做到的,那就是不被外界环境所干扰。我们要清楚地知道什么才是想要的,而什么是盲目追求的,是毫无意义的。人要学会放下,如果对于一切事物都能泰然处之,我们就能拥有悠然、快乐的生活。

　　你是掌握自己命运的人。人世间没有无缘无故的爱,也没有无缘无故的恨。所谓君子之交淡如水,与朋友之间交往过分了,就要付出代价。名利恩爱尽量看淡一点,少一些执着,少一些约束,也就会少一些烦恼。拥有一颗平常心,知足常乐,放下就能解脱。

第二章
宽怀大度　爱之源泉

　　一个伟大的人有两颗心：一颗心流血，一颗心宽容。

——纪伯伦

　　生活中有许多这样的场合：你打算用愤恨去实现的目标，完全可能由宽恕去实现的目标，完全可能由宽恕去实现。

——西德尼·史密斯

　　损着别人的牙眼，却反对报复，主张宽容的人，万勿和他接近。

——鲁迅

以宽容之心处事

宽容,是一种修行。

宽容需要反复练习。宽容需要从容应对。宽容需要超然物外。宽容需要成熟心境。宽容是人生修为的一种佳境。

在公平面前,据理力争,看似正义,但得饶人处且饶人的大度,才是消除怨恨的良方。如若不能适时宽容,燃烧心中怒气,灼伤近旁至亲,心门永远关闭,充斥不满憎恶,徒将自己锁闭,这样的结果,即使争赢了,也是输了。

有个怒气冲冲的大汉,在匆忙赶路的小道上撞倒了一个刚从寺庙出来的小沙弥,小沙弥被撞得鼻青脸肿,手掌也被树枝划开一道长长的口子。正疼痛难当,谁知大汉竟贼喊捉贼,开口大喊道:"走这么快不会看路吗?我这么大个人你也能撞到!"

小沙弥捂着手上的伤口,也顾不得脸上的灰尘,只是笑笑,没有回话。

大汉这时才面有愧色地问道:"我把你撞成这个样子,难道你不生气?"

小沙弥终于平静地开口:"撞都已经撞了,我就是跟你生气又能改变什么呢?既不能止血,又不能止痛,还要耗费心力跟你积怨。无论吵骂还是厮打,都是恶果,到头来输的岂不还是我自己?"

见大汉脸红脖子粗,把头埋得更低,小沙弥更是笑了笑说:"再说,两两相撞,我也是有责任的啊,说不定你把我这一撞,我还避免了更大的,还要谢谢你才是啊!"

话已至此,大汉除了道歉再无他法。之后问了小沙弥的法号,大汉就赶紧走了。

直到之后小沙弥所在的寺庙收到大汉送来的一百两香油钱和写给小沙弥的感谢信,小沙弥这才知道,原来那天大汉之所以行色匆匆,是突然得知自己的结发妻子竟然做出有违妇道的事情,让大汉在朋友面前抬不起头,大汉正准备与妻子同归于尽。但就是那天小沙弥的一番话,让大汉意识到,自己只顾在外打拼,而忽略了家中妻儿,致其常年独守空房,这才行差踏错。

从此,大汉每天按时回家,与妻子同吃同住,感情日益升温,重新找回了家的温馨。

大汉的宽容,是推己及人的转换立场后,得来的同理心。面对妻子犯下的过错,除了不再一直揪对方的小尾巴,还能在小沙弥的启示下自查自省,从而得到理解和原谅,还妻子和自己一个和谐美满的家庭。

《论语》中说:"君子之道,忠恕而已矣。己所不欲,勿施于人。我不欲人之加诸我也,吾亦欲无加诸人。"

宽容是不将自己不想要的硬塞给别人。

以德报怨是让他人自惭形秽的最好方式,而自我惩罚则是所有责罚中最让人挣脱不了的酷刑。

宽容如同大海,浩瀚无边,深不见底;仇恨如同双刃剑,害人害己,使人两败俱伤。心中装有宽容的人,会爱人,会被爱,会闪耀光芒,会拥有力量;而装不下宽容的人,则只能与仇恨为伍,与孤寂结伴,悲苦一生。

宽容别人,其实就是在宽容自己,让自己忘却苦痛悲伤、忘却他人给过的伤害,不予计较。

人与人的交往中,难免出现误会或不和,如若没有宽容心,凡事争抢豪夺,无异于将自己和对方都推向不可挽回的边缘,从此双方都在相互的怨恨中老死不相往来,这样的折磨,可比披荆斩棘来得更让人痛苦。而若能懂得宽心包容,则能将折磨化为谅解,将苦行变为善行。

成大事者必心细、气柔。有才而心细,定属大才;有智而气和,斯为大智。外柔内思,养身益气,利己益人;好勇斗狠,暴躁易怒,伤己损人。气柔,以柔和的气质待人,以宽容之心处事,方能存于世。

心有多宽世界就有多大

心是自由的,可以不随身体去往任何地方;心又是容易被禁锢的,没有阳光的照耀,只能日渐枯萎。

世界万象的组合,已得到的、已失去的、已知的、未知的一切,从无常到永久,从可触到虚妄,最终都是空。而这样的空,才是构成世界万物的本源。

古时曾有一个年轻人家境优越,却整日忧心忡忡,觉得生活亏待了自己,与旁人的相处也不甚融洽。于是他上山向得道高僧求教,询问高僧要如何才能让自己快乐起来。

高僧听了年轻人的倾诉后,转了转念珠,道:"阿弥陀佛,施主,先坐下来喝杯茶吧。"

年轻人火气冲天,给自己倒了一大杯茶就往嘴里灌,高僧却只交代一句"我马上回来"就转身出去了。不一会儿高僧带了个盐罐回来,道:"施主,舀一勺放到水杯里,再把水杯倒满水。"

年轻人不明所以,却仍照着高僧交代的做了。高僧便让年轻人把那杯盐水喝下去。年轻人睁大眼睛,道:"大师,我刚可是放了整整一勺盐啊,这水可怎么喝?"

高僧没有说话,只是眨了下眼,看着惊讶的年轻人。年轻人看着大师淡然的眼神,咽了口唾沫,还是举起茶杯,抿了一口,随即偏过头,大喊:"好咸!大师!"

高僧又让年轻人再舀一勺与之前同等分量的盐放到茶壶里,再倒出来喝喝看。年轻人喝过后,依旧皱着眉,道:"还是很咸,但比刚才好很多了。"

高僧慈祥地笑了,问道:"施主,如果还是刚才这么多的盐,放到江河大海,味道又会如何?"

年轻人直接答道:"那当然没有影响啦,就是再多放一担盐下去,也不会变咸。"

高僧会心一笑，道："如此，施主就该懂了——把心放宽，宽得能容下江河湖海、苍天大地，如此就是有再大的烦恼，在施主的心里，也不能影响分毫，施主又怎会不快乐呢？"

年轻人茅塞顿开，想着高僧的话，遇事都劝慰自己要放宽心。几次之后，果然没再愤世嫉俗。一段时间之后，果然快乐起来了。

宽心是一种心态，更是一种智慧。像这个年轻人一样，心胸狭窄得连一杯盐水都忍受不了，又怎能放宽心怀，感受世界？

要修炼宽心，首先要拥有清净之心，然后是寂静之心，最后修炼至光明之心。清净，才能将心中郁积掏空使心明亮纯净；寂静，才能让心安宁，甘于孤寂；光明，才能赶走黑暗，让心充盈，获取万物的能量。

心有多宽，世界就有多大。心里狭隘，我们的世界也限于一隅。

不能做到心宽的人，受到不平委屈时，容易产生嗔恨，然后憎恨他人，首先不平的是自己，焦躁、苦痛、抱怨、嫌恶、失望，失去往日闲适轻快，最终害的也是自己。再者，憎恨会让心性污染，连同原本完整的本性和清净的心都被带走。

保持心胸宽广，不被琐事黏附。让该来的来，该去的去，万物皆空，万物皆为所有。

心胸如海　心境如天

海纳百川,波澜壮阔,景色宜人。天贵空灵,云鸟皆容,展开一幅深远的画卷。风云变幻,海宽如镜,天高近云,千古展示在人间,自成传奇。

拈花自成微笑,心怀宽如海,深远如天,守一方净土,怡然自乐。

弥勒佛常笑,是大肚能容,容天下难容之事;开口便笑,笑世间可笑之人。所谓宽容,既有宽,也有容。心宽方能容事。那么,如何才能放宽心境,豁达看待人生呢?

古时候有一个妇人,特别容易为一些琐碎的事情生气。她的家人、邻里都不喜欢她,觉得她是个很不好相处的恶妇人。妇人也觉得自己这般计较不对,但怎么都改不过来。

于是她前往寺庙,以寻求庙中高僧为她讲禅说道,改了她爱计较的毛病。

前来接待妇人的小僧侣知道了她的意图之后,就将她的烦恼告诉了高僧——希望高僧可以与之相见,并为其说道。

高僧答应了。但是当妇人来到高僧禅房的时候,却发现高僧并不在里面。当她想出来寻找时,高僧却在外面将禅房的门锁上了。

妇人暴跳如雷,破口大骂,骂禅师言而无信,自己苦求相见,却这般圈套会人。然而高僧并不因为妇人的吵骂而生气。

妇人骂累了以后,开始哀求高僧将她放行,高僧依然置若罔闻。

等到妇人终于沉默下来的时候,高僧来到门外,问她:"你还生气吗?"

妇人略带怒气地说道:"我只是气我自己,为何要来这种地方,受这种罪。"

高僧叹道:"你还是不明了啊。连自己都不曾原谅的人,怎么能够心境豁达呢?"

过了一会儿,高僧又问:"你还生气吗?"

妇人沉思了一会儿,说道:"不生气了。因为生气也没有办法啊。"

高僧仍旧感叹:"你的气并未消失,而是埋藏在了心里。心胸非但没有变宽阔,反而填积了更多怨气。以后爆发,岂不是更难以收拾?"

等到高僧第三次来问她还是否生气的时候,妇人说:"我不生气了。因为这事不值得生气。"

高僧赠言道:"还在计较值不值得。说明你心里还在衡量,气根还存在。"

妇人闻言在禅房中冥思。等到夕阳西下,高僧再次来问的时候,妇人回答:"大师,什么是气呢?"

高僧面带微笑,将房门打开。

妇人心中已经得悟,叩谢而去。自此豁达心胸,泰然处之;邻里相和,家庭和睦。

其实我们在生活中,也有和故事中的妇人一样为一些鸡毛蒜皮的小事大发雷霆的时候,控制不了自己,看似每一处,闻听每一言,都和自己作对,就此心中积累抑郁,难以抒发。

此时,我们需要依循故事中高僧的教诲,做个心胸豁达的人。

消气之根,最高的境界是已然不知"气"为何物。不恼不愠不嗔,宁静以致远,淡泊以明志。

心胸如海,要原谅他人,如妇人被锁,喋骂不休无济于事,不如放宽心境,怡然处之。

心境如天,也是放过自己,原谅自己所犯过的过失,不忘,亦不枉。对曾经的不堪,一笑而过,不时清空内心烦恼,用清灵之心,去看待新生事物。

佛曰:一花一世界,一草一天堂,一叶一如来,一沙一极乐,一方一净土,一笑一尘缘,一念一清静。

心若无物,一花一草便是整个世界,而整个世界也便空如花草。

胸怀天下　胸怀他人　胸怀自己

一天，一位教授去拜访著名的南隐禅师，向他请教禅理。禅师以斟茶招待，杯里茶水已满了，还继续往杯里倒茶。这位教授看着茶水不断溢出，忍不住说道："茶水已满，不必再倒。"

禅师意味深长地说道："这杯子，就像你的心，装满了你的想法，你如不先倒掉里面的茶水，如何听得进我说禅？"

教授恍然大悟，满招损，谦受益，只有虚怀以待，才能胸怀万千。

海上的礁石，千年不移，任风吹浪打，不能削其棱角；任日晒雨淋，不能易其颜色。人之一生，灾厄如海潮，生生不息，以肉心为礁石，自可任潮来潮去，我自岿然不动。

我们要学那礁石，面对各种灾难遭遇，依然能坦然对待。胸怀宽广的人，正如那礁石，风雨不惊。

从前有位大师，他所在的寺院地处偏僻，在一座非常高的山上，人们如果要去寺庙参拜的话，要走很远的山路，路上连个休息的地方都没有，所以去一趟寺庙很不容易。

大师有个弟子，心性不定，对于佛家清心寡欲的教条很难做到。终于有一天，他因为耐不住寂寞，就跟大师说，他要还俗，希望大师予以同意，让他下山去娶妻生子。

弟子本以为大师会生气，而且一定不会同意他的请求，因为寺院里就他一个弟子，师父年事已高，他要是还俗去了，寺中大小事务师父怎么忙得过来呢？自己突然提出这个要求来，师父只怕会无所适从吧？

岂料大师只是慈祥地笑着说道："你的心不在佛祖这里，就随性而去吧。我这里的事情，自己会安排妥当的。"

于是弟子得以如愿下山，而大师每日安排好行程，处理寺中事务也妥当自如。

但是不久以后，弟子又因为受不了山下尘世的口舌，想上山来求师父让他重归佛门清净。

弟子以为师父这次肯定会恼火，因为当时提出离开的是自己，现在想要回来的还是自己。师父已经习惯了一个人打理寺院，自己突然说要回来，这不是又打乱了师父的计划吗？

大师还是出乎意料地笑着说道："这也不是难事，你回来，也是缘分。不过你心性不定，是不会喜欢一直留在寺院的，不如你就在这半山腰，盖一间茶房，和你的娘子一起卖茶去吧！"

弟子听了大师的建议以后，就在半山腰卖起茶来，自己过得逍遥自在，也方便了上山参拜的客人。偶尔弟子还会上山帮忙，减轻大师管理寺院的负担。

面对弟子的反复无常，大师总能找到合适的方法，去安置弟子，安排自己的生活。

世上之事，总有一些出乎我们意料。诸多变化，让我们措手不及。就像故事中的弟子一样，老是变着主意，让大师面对一些突如其来的变化。但是，大师的智慧在于面对弟子的转变，多了一分气量，用自己的宽怀去面对弟子的要求，不仅点拨了弟子，而且也让自己免除了烦恼。

胸怀自己，让我们虚怀以待他人；胸怀他人，我们能多一分怜悯之心；胸怀天下，是无为于世，却无敌于天下。

海纳百川，靠的是博大的胸襟。人生在世，宽以待人是一种修养，亦是一种智慧，一种修行。

宽容处世　雅量容人

人总会犯点小错误。存一份气量，容他人之错。这点雅量，就像一叶扁舟，接那迷失在苦海中的人，靠近真理的彼岸。

迷途的羔羊，需要一个引领它回家的人。走错路的孩子，需要一双拉住他的手。如若我们有幸，可以成为那个引航的人，伸出那双援助的手，带领他们归来，也是功德无量，即使他们就是曾经侵犯过我们的人，那又如何呢？这份容人容事的气量，是报复或者冷眼旁观的快感所不能比较的温柔。

宽容处世，是笑看世事，淡看得失。雅量容人，是容人之过，是对自己的优雅。做个懂得原谅、懂得宽容的人，让我们面对劳累世事的时候，行走得更轻松便捷一点。

从前有位老禅师，他有个弟子，很让人头疼。因为他有偷窃的习惯，这让周围的师兄弟都不喜欢他，都希望能逮到一个机会，让老禅师把他逐出寺门。

不过这个弟子一直都是小偷小摸的，也从来没有留下过什么证据，师父也就没有大声呵斥过他，只是把他叫到跟前，细声细语关照一番，就让他下去了。这让寺中的其他弟子感觉非常不高兴，觉得师父真的是太过于慈悲了，这样不是养虎为患嘛。这个弟子，简直是没救了。

他们决定找到真凭实据，让师父名正言顺地进行一次处罚。

果然，老禅师在一次静修讲道的时候，众弟子逮到了机会。因为那个喜欢偷窃的弟子，竟然趁着大家静修的时间，又偷了一个和尚的钱袋。

被偷的和尚气愤地抓住行窃者的手，说道："你又偷了！这次绝不能轻饶你了。我要请师父做主，将你赶下山去。"

偷窃的弟子一副有恃无恐的样子，师父老眼昏花，才不会看得很清楚，然后惩罚他呢。

于是被偷的和尚就拉着偷窃的弟子来到老禅师面前，请求师父给个公平的判决。

岂料老禅师只是点点头，说道："嗯，事情我都知道了。你就再原谅他一次吧。"

"不行。他已经偷窃过很多次了。这次不能再原谅他了。"

"对呀，他又不只是偷一个人的东西。不把他赶出寺庙，我们的东西都会被他偷走的。"其他的人在帮腔。

看到老禅师一副无动于衷的样子，大家都很激动，说道："如果师父不赶走他，那我们就都离开这里！"

老禅师镇定地说道："你们都是明智的师兄，知道是非。可是你们这个师弟，却连是非都分不清楚，如果我现在赶他走，放弃了他，那么谁来教他分辨是非呢？为师已经决定了，一定要留他在这里，直到我教会他明辨是非为止，即使你们全部离开也是这样。"

偷窃的弟子听了以后，心中大受触动。原来自己的小动作，师父一直都知道，之所以不惩戒自己，是因为要给自己机会改过自新。他深受感动，热泪盈眶，跪在地上深深忏悔，表明决心要重新做人。从此以后，这个弟子再也没有偷盗过，在众多师兄的监督之下，虔心修行。

老禅师的一番宽容，拯救了一个迷失的灵魂。老禅师用自己的体谅，教会了弟子如何分辨是非。

我们或许也像故事里被偷窃的弟子一样，被人伤害过，也曾气冲冲地想过要报复，要惩罚那犯错之人，但气愤发泄之处，只能换来更多的怨恨。倒不如用那份雅量，去宽容别人，这其实也是成全了自己，为自己换来一个没有怨恨人生的机会。

幸福的真谛：用我们的宽容心去看世界，用我们的雅量去感染他人，让别人看到我们的微笑，也让我们用心去感受别人的欢乐。

不要被世俗的洪流所侵蚀

我们容易受别人影响,轻易走进一个圈套,活在别人的眼光里。世俗太多规矩,束缚着我们应当如何行动,稍有差池,就好像犯了弥天大错,无可拯救。

其实哪有什么不变的规则? 世俗的评论,也并不是真实自我的反映,要活得逍遥自在,就别被世俗洪流牵住了自己的手,任由它带着我们的心,不自由、不快乐地前行。

就如小马过河的故事,河水的深浅,只有我们自己去尝试了才知道。朝圣的人,三步一拜,五步一叩,走过千山万水,历经千难万险,只为心中的信仰。阻碍他们的,不是山,不是水,是俗世中人的不解与劝阻。

多一份气量,即是对自己的肯定,对自我价值的坚守。就好像山间苍松,即使寒雪压顶,也依旧记得自己常年翠绿的坚贞。

我们需要这样一份傲然于天地的自信,这力量就如同青松之树干,帮我们撑住了铮铮铁骨,得以在这世间站稳脚跟,即使世俗洪流来袭,我自岿然不动。

认清自我,相信自己,是立于人世很重要的一点。有个故事,就向我们讲述了这一点。

从前有个孤苦无依的孤儿,居无定所,靠行乞度日。他对自己的人生完全没有自信。他觉得没有人看得起他,生活一片黑暗。

这天,他心灰意冷地来到一座破庙里休息,正好遇上了赶路在此歇脚的一位游僧。

游僧非常友好地跟孤儿聊起天来。当他知道孤儿的苦恼之后,带着孤儿来到一处杂草丛生的乱石旁边,告诉孤儿他有个解决的办法。

游僧指着一块普通的石头说:"明天早上,你就把它拿到集市上去卖。不过要记得,不管别人出多高的价格,你都别卖出去。"

孤儿听了游僧的教导，便抱着试一试的心态，带着石头来到了集市上，在一个很不起眼的角落里蹲了下来。一开始，那块石头无人问津。但孤儿还是每天坚持在那里摆卖。

第三天，有人过来问了，第四天，有人说要买这块石头，到了第五天，这块石头，已经被抬到很高的价格了。

孤儿回到破庙里，高兴地告诉了游僧这个消息，他没想到一块破石头还能卖到这么高的价格呢。

游僧又叫孤儿将石头拿到黄金市场去卖，和前一次一样，无论别人出多高的价格，这块石头都不能卖掉。

于是孤儿带着游僧的嘱咐，将石头带到了黄金市场去卖。就如同在市场一般，这石头从无人问津，到最后价格飞涨，孤儿依旧坚守游僧的教导，没有把石头卖出去。

由于价格越炒越高，而孤儿却依旧死守石头，不肯出让，大家都觉得很是好奇，认为那块石头肯定是个稀世珍宝，不然的话，孤儿怎么会那么宝贝呢？

孤儿对此很是不解，于是去请教游僧，让其点名其中奥妙。游僧笑着说道："世界上的人和物都是如此。人们总会对一样东西有各种各样的评价，而这种评价有时候会失于真实。但是你自己要清楚，你手上有什么东西。你可以把一块石头变成稀世珍宝，是你坚守石头，怎么都不肯卖的毅力和自信。同样，可能现在大家都看不起你是个乞丐，但是你有你自己坚定的内心啊，假如你能将这种抵挡诱惑的坚定，用到生活里，那么你的人生，总不至于永远都那么潦倒的。"

孤儿听了以后，大受鼓舞。从此不管世人轻蔑的眼光，依旧坚信自己，时时鼓舞自己，最后成了一个自信的人。

顽石没有灵性，没有办法声张自己的价值。人不同，人可以明确地知道自己的珍贵之处在哪里。

世俗之流太猛，太多不坚定的梦想和自我，就被这世俗的洪流所侵蚀，一点点地腐化成完全不属于自己的自我。只有我们坚守那份相信自我的气量，化为中流砥柱，才能挡住世俗的洪流，用自己的步伐留下自己的人生足迹。

三人成虎。世人所言，有时未免有失偏颇。但世俗眼光的危害力实在太大,我们需要一颗拥有强大气场的心,为我们坚守一方阵地,捍卫属于我们自己的美好和梦想。

　　视世俗流言为浮云,笑对流言蜚语,不仅能让我们坚守信仰,更会使我们心境澄明。

　　修身养性总有得失,人言总有毁誉。人言赞美你的时候,不骄矜;人言毁谤你的时候,不怨恨。

看淡名利

僧人的僧鞋上,左右各有三个洞,言曰低头便可看破。然而,世人中,能看破红尘的却终究是寥寥几人而已。

红尘滚滚如浪,名利纠缠人心,世俗在我们面前编织了一张光怪陆离的帘子,掀不开,看不破。于是,众人便因在了名利的牢笼里,妄境之中,哪有真实的笑颜?

对于世人来说,苦海无边,不是要得道的路途太遥远,而是名利总是易遮人眼,熏人心,于是世人便在途中迷了方向,化解不了心中烦闷,渡不出那茫茫苦海。

千帆过尽之后,会发现三千功名终都归于尘和土。曾经执拗的所谓衣锦荣华,都化作一番尘埃。

有一座大寺庙,寺里的方丈已经很老了,他叫来了他的两个得意弟子——慧明和尘元到身边,想要考验一下他们,以选取自己的接班人。

老方丈指着寺院后面的悬崖说:"你们谁能从悬崖的下面攀爬上去,谁就是我的接班人。"

慧明和尘元一同来到崖下,山崖陡峭险峻,令人望而生畏。但两人都意志坚定,信心满满。

慧明身体健壮,信心十足。但是那山实在是险啊,他没爬几步,就滚了下来。

但是每一次他都不放弃,即使摔得鼻青脸肿,他还是选择继续爬山。

最终,慧明终于因为体力不支,力气用尽,在爬到半山腰的时候,连停歇的地方都没有,双手一滑,就重重地摔下山去。

慧明当场就晕了过去,方丈没有其他的办法,只好叫其他弟子用绳索把他救了回去。

轮到尘元的时候,一开始他也是和慧明一样,尽力想要攀爬。但是有一次爬到半山腰的时候,尘元往下一望,突然就放开了绳索。整整衣衫,拍了拍身上的尘土,一副悠然的样子,扭头下山来了。

　　就在大家都以为尘元放弃了的时候,尘元走到山下,沿着另一条平坦的路上了山,最终轻松地到达了山顶。

　　当尘元下山站到老方丈面前的时候,大家都替尘元捏了一把汗,以为老方丈会骂他贪生怕死,胆小怯懦。没料到老方丈满意地微笑,宣布尘元为接班人。

　　众弟子不知为何,出言相问。

　　尘元解释说:"这高峭的悬崖,并不是我努力就可以爬上去的。可是从半山往下看,就会看到另一条路。方丈一直教导我们'明者因境而变,智者随情而行',就是告诫我们要随势而变啊。"

　　老方丈会心一笑,说道:"慧明被名利所诱,心中只有眼前的悬崖峭壁。天不设牢,人心却因名利画地为牢了。徒劳苦争,却只能换来粉身碎骨。尘元不入名利的牢笼,心中无碍,顺天而行,才是我真正寻找的接班人。"

　　众弟子听了,心服口服。

　　名利面前,多少人经不住诱惑,遮蔽了双眼。

　　正如慧明,对他而言,峰顶就是方丈之位,他看到的,只有峰顶,为了能登上峰顶,他不惧粉身碎骨,却只是徒劳无功。

　　名利是绳,缚住慧明的双腿;尘元看淡名利,心无所欲,故能随心所欲,反而成了老方丈的接班人。

　　生活也是如此,我们过于执着的时候,往往事倍而功半;放下名利了,心中无碍,总能事半功倍。

　　名利为牢,人心自囚。

　　太多时候,不是我们不能轻松地活着,而是我们用蒙尘的欲望,锁住了自己跳动的心,每一下,都沉重无比。

　　解开名利的枷锁,换一种眼光去看待生活,也许会看到不一样的通天道路,引领我们走向别样的繁华。

　　人生因为无欲无求而心远地自偏。

　　快乐大度地生活,不以物喜,不以己悲,宠辱皆忘,把酒临风,则喜洋洋者也。

释然——得失之间观天下

还自己一个轻松自在的生活,让名和利,都随风而去吧。

看淡名利之后,心境就会变得轻松而自在。功名不易,赚钱不易,但再多的名利,也换不来一份快乐的心境。

给自己的心寻找一条轻松到达的路,才能获得美满幸福的生活。

面对毁誉　持包容之心

前往大海的百川之所以强大,在于它的柔软,遇到阻碍的怪石就把那石头也抱在自己的胸怀中,继续前往;石头拦不住它的步伐,反而在水的温柔流淌之下,渐渐塑成圆润光滑的形状。

宽容的心,是一方深不见底的湖,可以容纳各种石砾,无论侵扰如何纷乱,我心依旧平静。这一颗心,这一汪湖,表面可容月光粼粼,里面,也可容淤泥沉石。

说好话,做好事,怀好心。这种好,不仅仅是对那些欣赏我们、善待我们的人,也要对那些不理解我们、对我们心生嫌隙的人。冤家宜解不宜结,宽容,不计较,并不是一种懦弱,相反,是一种善待自己、善待他人的大智慧。

从前有个脾气暴躁的青年,他很容易就被别人惹恼,三两句说上火了就跟人打架,大家都很不喜欢他。

有一天,这个青年无意中逛到大德寺,正好看到一休禅师在说法。他听了一休禅师所讲的不计毁誉、常怀包容之心的禅理之后,很不以为然。于是走上前去,想问些问题刁难一休禅师。

青年问:"禅师啊,你说做人要包容。可是别人如果往我脸上吐口水,我也只能默默忍受,自己擦掉吗?"

禅师说道:"何必擦掉呢? 你让唾液自己干掉就好了,不用拂拭!"

青年很气愤地说道:"这怎么可能受得了啊? 我又为什么要受这等闲气呢?"禅师继续说道:"这没有什么不能忍受的。一只蚂蚁停在你的脸上,你会和它打架或者去骂它吗?"

青年想了想,摇了摇头:"当然不会了。和蚂蚁吵架或者打架有什么用?"禅师说:"那就对了。那口唾沫,你就当它是只蚂蚁爬过了你的脸。微笑着接受,它自然会消失不见,半点都伤害不到你。"

青年还是不服气,继续问道:"那假如对方不止吐口水,还用拳头打我,我怎么办呢?"

禅师说道:"一样啊,不过是一拳而已,有什么值得生气的呢?"

青年听了,认为一休禅师说得简直不是人,哪有人被打了还不还手的道理? 于是青年抢起拳头,就往禅师的头上打去,并问:"禅师,你现在怎么办?"禅师非但没有生气,反而非常关切地说:"我的头硬得好像石头一样,没有什么感觉,反而是你的手,大概打痛了吧!"

青年听了,红着脸低下了头。从此收敛暴戾心性,宽容待人,即使面对恶言,也能以笑化之。

一休禅师的智慧,在于他的不生气。唾沫停在脸上,也改变不了祥和的容貌,拳头打在坚硬的头上,伤害不了头,反而弄痛了打人的手。青年对一休禅师不敬,一休禅师却用自己的宽怀度了他,增了自己德行一件。

我们的生活,又何尝不是如此呢? 毁誉、恶言,击不倒我们坚强的心,反倒助长了心中燃烧的怒火,最后噬去了我们坚固的心墙。让我们疼痛的,不是别人的毁誉,而是我们自己不愿意放过自己的心情。这个时候,就学一学一休禅师吧,别人的恶言,暂且就当作蚂蚁,不要去管它,让它自己无趣而走,面对毁誉,也不要迷失了自己一颗善良的心。

人生当如水,利万物而不争。正因水的不争,才能利万物,能纳百川,也能濯青莲;能容淤泥,也能沉沙石。人生不正如此? 学会包容了,视他人毁誉为清风一缕,才能做自己。

我自是我,不因别人的误解、攻击就改变。包容之心,容的是各种难容之事,成的是自己轻松的心灵。

别人夸奖我们的时候,毋庸沾沾自喜;别人讥毁我们的时候,没有必要怨恨。我们管不住别人的嘴,但我们可以管住自己的情绪。

大度　是善待自己的一杯清茶

　　人们喜欢喝茶,是因为茶叶可以清心,茶之清香,仿佛可以在瞬间洗涤我们沉重而蒙灰的心灵,带给我们为之一振的清新释然。

　　大度,如同一杯清茶,帮我们洗净心中怨,用恬淡的心情,去看待浮沉转合,是非成败。

　　大度,是对别人的宽容,更是对自己的优待。生活其实可以很简单,它并没有过多的负担让我们去承受。几杯清茶,便可放松身心。大度,是对自己的不苛求,也是对别人的不计较。

　　看到别人比自己拥有得多,不用伤心嫉妒,请淡然一笑,大度地祝福别人所有。听到别人说自己是非,不用生气难过,成与败,是与非,自有公正定夺,不必生气、愤怒、嫉妒。让心灵留一些通道,冲走这些不必要的烦恼忧愁。

　　相传古代有位老禅师,有日天气突然变冷,禅师睡不着,在禅院里闲步。

　　突然禅师发现墙角有一张椅子放在那边,他一看便知寺庙里有人六根未净趁着天黑违反寺规越墙出去溜达了。

　　老禅师也不声张,他静静走到墙边,慢慢地移开椅子,然后默默地就地而蹲。

　　时间慢慢地过去,到了半夜的时候果真有一小和尚翻墙回来,黑暗中他又慌又忙,在墙上也没有看清楚就踩着老禅师的背脊跳进了院子。

　　但是当他双脚踏在禅师背上的时候,才发觉刚才踏的不是椅子,而是自己的师父。

　　小和尚顿时慌了神,面对在地上慢慢爬起来的师父不敢吭声。心想师父这次一定会责罚自己。

　　但出乎小和尚意料的是,师父并没有严厉地责备小和尚,只是用平静的语调说:“这几天天气转凉了,快去多穿一件衣服。”

这便是一个禅师高深的地方。在这种宽容的无声教育中,徒弟的心情自然也会和被责罚的时候大有不同。这个时候的徒弟不是被他的错误惩罚了,而是被禅师的宽容教育了。

禅师一番言语,挽回了一颗误入歧途的心灵,也帮助了差点遭受厄运的自己。处世的智慧,大概也就在于这"大度"二字吧。大度度人,大度助己。一颗容人容事之心,如同山间一股清泉,洗涤世间尘埃烦怨,还我们一个清静悠然的世外桃源。

喝一杯清茶,忘一桩烦恼。不让那莫须有的忧愁怨恨霸占了我们简单地心灵。大度,是善待自己的一杯清茶,为我们洗净世间烦恼,用更清新的眼光,去看那花谢花开。人生其实是自己选择的。小气之人,每天都有烦恼忧虑的事情,大度之人,却有一个海阔天高的世界。备一份大度,喝一杯清茶,笑看世间百般,做个悠然惬意之人吧。

魔力悄悄话

清风是式,真水无香。落花无言,人淡如菊。淡泊内敛,是真正的大度。人生如茶,淡如清风淡如水,大度待人,淡泊处世,忧愁烦恼的时候,品一杯香茗,忧愁自去烦恼自消;怡然自得的时候,品一杯香茗,自可闲敲棋子落花灯。

心若宽广 天高海阔

"退一步海阔天空"这是人尽皆知的道理,可是,做起来却没那么容易。我们往往缺乏一种忍耐,而想成就一番事业就必须学会忍耐。忍耐会让我们在沉静安然的状态下,体会到一种不一样的感受,同时也会从中找到更好的处理事情的方法。

一个外出的小和尚走到一处独木桥上,谁知道还没走几步,便遇到一个孕妇。于是,他很有礼貌地转身走下桥去,给孕妇让路。孕妇过去之后,他又走上桥去,到了桥的中央,又碰见了一个挑着一担柴的樵夫,他又转身走下桥头,让樵夫过去。

这回小和尚没有马上往桥上走,而是等独木桥上所有的人都走完了他才上桥。可是,正当他马上就要走过这条独木桥的时候,迎面又过来了一个推着独轮车的农夫。

小和尚这次已经说什么都不想再往回走了,于是,他对前面的农夫说:"施主,我已经走到这里了,您看,可不可以让我先过去啊?"谁知,这个农夫却瞪起眼睛说:"那怎么行,我这是要去赶集的,你没看见现在集市已经快散了吗?"小和尚心里也挺憋屈,这一路竟是给别人让路了,到最后却碰上这样一位不讲道理的农夫,于是,便和农夫吵了起来。

这时候,河对岸过来了一只小船,船上站着一位神清气爽的禅师。于是,二人就找禅师评理。禅师看了看推着独轮车的农夫问:"你是真的很着急吗?"农夫说:"大师,我是真的很着急,去晚了就赶不上集市了。"禅师说:"你既然急着去集市,那怎么不赶紧给小和尚让路让他先过去,你只需退几步,他就能过去,而你也就能早早地过了这座桥去集市,为什么还在这里浪费时间来争吵呢?"

农夫不好意思地低下头不再说话。禅师转过脸来看着小和尚,笑着说:"出家之人,本该心存宽厚仁慈,为什么非要农夫给你让路呢?就是因为你快要到桥头了吗?"小和尚不无委屈地说:"大师,您不知道,这之前,我为许多人让了路。如果再为农夫让路,他过去之后,也许还会不断地有人来。您说这样下去,我今天还能过去这座桥吗?"禅师说:"那你现在过去了吗?既然已经为前面的许多人让了路,再为农夫让一次又何妨? 其实,你们争吵的这些时间,早就可以过好几次桥了。就算这次你没过完桥,也一样保持了你的君子风度,又有什么不可以呢?"

小和尚听完禅师的一番话,也觉得有道理,羞愧地低下了头。

生活中往往就是这样,总因一些小小的计较,去做一些无关紧要的、没有意义的事情而丢失掉更多的时间。争强好胜也要看时机,退一步不是胆怯,不是妥协,而是为了更好地向前走。

刘邦死后,吕后趁机把持朝廷大权,积极培养了一批吕氏亲信。这些亲吕后的大臣们在吕后死去后,想用武力夺得朝廷的权力,后被平定。在这次平定"诸吕"行动中,太尉周勃立下了不可磨灭的功勋。一时间成了朝廷的红人。在这次平叛中,右丞相陈平虽然也是主要谋划者之一,但是,没有周勃的功劳大。新皇帝继位后,陈平明白,一朝君子一朝臣,于是,知趣地把位子让给周勃,自己称病在家。

文帝虽然刚刚继位,但是,对于陈平的人品和才干还是了解的,听说陈平称病不上朝;于是便派人将他找来,问明白这其中的缘由。陈平没有隐瞒,十分坦白地对皇帝说了自己心里的想法:"高皇帝在位时,周勃的功劳比不上臣,可是在平定'诸吕'的事件中,他的功劳比我大,所以,现在我愿意把自己的相位让给周勃。"

文帝听了陈平的话,觉得很有道理,也对他的想法感到很欣慰。文帝让周勃和陈平都担任丞相,封周勃为右丞相,陈平为左丞相(周勃的地位略高于陈平)。为了表彰陈平的顾全大局,文帝还特意对他进行了赏赐,赐黄金千金,加封食邑三千户。

一天,皇帝问国事,把右丞相周勃召来问:"国家一年要判多少案子?"周勃不清楚,于是面带愧色地回答:"不知道。"皇帝又问:"国家一年的粮食收入和开支是多少?"周勃很是窘迫,急得直冒汗,还是没能答出来。

这时,文帝转过头问陈平,陈平说:"这个各有主事的人嘛。"皇帝没明白其意,问道:"主事的人是谁啊?"陈平不慌不忙地说:"皇上,您如果问判决狱案,应该找廷尉;您如果问钱粮那就找治粟内史。"

皇帝听后,一脸不高兴地说:"那要是都找主事的人,还要你们丞相干什么呢?"

陈平说:"丞相的职责就是为皇上管理好臣下,皇上如果知道他不知该如何控制臣下的话,尽可以拿他问罪。丞相就是上辅佐皇帝掌管全局,下管万事,对外安抚周边,对内安抚百姓,让各级官吏做好自己分内的工作。"

文帝听后,觉得陈平的话很有道理,连连称"善哉,善哉"。

那一刻,周勃觉得自己实在是无知,窘迫难当。下了朝之后,对陈平说:"你怎么没教过我啊?"陈平笑着说:"老兄身在其位,还不知道自己是干什么的吗? 难道皇上问你天下有多少强盗,你也要亲自回答吗?"

这件事之后,周勃知道自己的能力远不如陈平,于是,也主动称病在家,让陈平一个人担任丞相一职。

正因为当初陈平的称病退让,才让后来周勃将丞相之位还给陈平。陈平的退让,顾全大局,为他赢得了皇帝的欣赏和同僚的尊重敬佩。如果陈平纠结于当初的权力,亦不一定会有其之后的作为。

一个人的修养和智慧对其一生的发展都有着一定的影响。过于纠结自己的利益,不能冷静地面对世事,更是徒增烦恼。正所谓"心若宽广,天高海阔",只有拥有了一颗宽广的心,冷静地面对世事,才能有"海阔凭鱼跃,天高任鸟飞"的洒脱。

宽容豁达可以化干戈为玉帛

做一个心胸豁达之人，相信是每一个人对自己的期望。而具有豁达心胸的人，一定会站得高，看得远，不会被眼前的利益所蒙蔽，所以，也一定会有所成就。一个心胸狭隘的人，与他人斤斤计较，到头来只会让那些没有任何意义的鸡毛蒜皮的小事搅扰得一事无成。

当然，世上只要有人的地方，就会有纷争，有"你""我""他"的利益在被分配中引起的种种矛盾、冲突。于是，很多人陷入得失的不良情绪中，甚至为此亲友反目成仇，而有些人却可以大度地化干戈为玉帛。

康熙年间，文华殿大学士、礼部尚书张英在京城做官。不过，张英家世代在桐城居住，他的府邸与一个姓吴的家宅相邻，中间有一块属于张家的空地作为两家来往的过道。后来，吴家盖房子想越过界限，占用两家之间的那块空隙地盖房子。这肯定会对张家人的出行造成不便，因此张家人出面加以阻挠。于是，两家发生了矛盾，并把此事告到了县衙。因为这两家都是名门望族，所以县官对这个案子很是为难，不知道该如何办理，因而此案迟迟得不到判决。张家人一看这样，觉得本来是自家有理的事情，却迟迟得不到公正的宣判，于是就给在京城做官的张英寄去了一封书信，跟他说明此事的原委。张英读了家书后，在上面回批了一首诗："一纸书来只为墙，让他三尺又何妨，万里长城今犹在，不见当年秦始皇。"张家人看到张英寄回的信后，被张英的宽容大度所影响，便不再跟吴家计较，而且还主动让出了三尺地基。而吴家见此情景，觉得张家虽然有权有势，但是并没有仗势欺人，心里也很感动。于是，也学着张家的做法，向后退出了三尺之地，形成了一条六尺宽的巷子，称其为"六尺巷"。就这样，张吴两家之争最后却成了一段美谈。

一个故事，让大家知道礼让三尺可以换来的是什么。为人处世需要智慧,更需要一份宽广的胸怀。

　　美国第一任总统华盛顿,在他任职上校的时候,曾率领他的部下在亚历山大里亚驻守。当时恰逢弗吉尼亚议会选举议员,有一个名叫威廉·佩恩的人反对华盛顿所支持的候选人,于是,华盛顿与威廉·佩恩就某一个选举问题展开了激烈的争论。争论中,华盛顿出言不逊,激怒了威廉·佩恩。而威廉在盛怒之下,挥出一拳将华盛顿打倒在地。华盛顿的部下听到这个消息后,十分气愤,于是,大部队立刻开了过来,准备为他们的司令官报仇。

　　华盛顿并没有借势而为,而是对自己的手下进行了阻止,并劝他们返回自己的营地,一场也许会出现的不愉快事件在华盛顿的阻止下化解了。第二天一早,华盛顿就派人给威廉·佩恩送去了一张便条,要求他尽快赶去当地一家小酒馆。

　　当时,威廉·佩恩怀着凶多吉少的心理,准备前去赴约,他认为华盛顿一定是对他的无礼行为记恨在心,要和他进行决斗。然而,令他意想不到的是,华盛顿看到威廉·佩恩到来,立刻起身热情相迎,微笑着伸出自己的手说:"佩恩先生,犯错误是人之常情,能够纠正自己的错误也是一件光荣的事。昨天所发生的不愉快的事情是我的错,我相信你在某种情形下也算得到了满足。如果你认为此事到此可以解决的话,那就伸出您的手和我相握,让我们两个人做个朋友,怎么样?"

　　佩恩听了华盛顿的话,非常激动地把手伸了过来。从那以后,佩恩成了一个坚决拥护华盛顿的人。

　　化干戈为玉帛,华盛顿用自己的大度,得到了一个忠心的拥护者。而一个只知道为小事耿耿于怀的人,不但很难结交到真诚的朋友,更不会有什么非凡的成就。

　　能容天下者,方能为天下所容。一个人的胸襟决定着一个人的人生高度。相反,没有宽大的心胸,将会使自己的路越走越窄。

　　在森林中有一条河,水流湍急,河上有一座很窄的独木桥,只能容一个人过去。

　　一天,住在东山的一只羊要去西山采草莓,而住在西山的一只羊准备去东山采点橡果,这两只羊恰巧一起走向了这座独木桥,结果,他们在桥的中央碰了头。可是,两只羊不能同时过去。东山过来的那只羊觉得僵持的时间已经很长了,而西山过来的那只羊,也并没有一点想退让的意思。于是,东山的羊忍不住地说:"喂,你怎么回事,没看见我要到西山去吗? 还不赶紧给我让路。"

西山来的羊也毫不示弱地说:"凭什么我给你让路,难道你没看见我急着要去东山吗?"

于是,这两只羊互不相让地吵了起来,最后竟然在那座独木桥上展开了一场决斗。

最后"扑通"一声,两只羊全部落入湍急的水流中,在水中惊慌无力地扑腾着。

森林中慢慢地安静了下来,而那两只落在河里的羊也淹死了,尸体随着远去的河水翻卷着,不知所踪。

这两位狭路相逢的"勇士",因为没有一颗礼让、宽容的心而发生了一场生死决斗,最后,没有一个胜出者,全都掉进了河里而被淹死。

在生活中,人们应该懂得,宽容是一种美德,是一个人的教养和修为的体现。拥有一颗宽容豁达之心可以化解很多矛盾,让那些不必要发生的不愉快事件免于出现,使得人们可以和谐相处。这是互惠互利的事情,何乐而不为呢?

包容不完满 才能获得完满

冤冤相报何时了，到头来只会让自己陷入痛苦难堪的地步。

不宽容他人，就是不放过自己，让自己留在以往的痛苦之中，无法轻松地面对现在和未来。而用一颗包容的心去感受生命中的事物，用一颗感恩的心去感激身边的人，这个世界就会变得更美丽，而我们的人生也会完美无憾。

有一天，佛陀游历后回到寺庙，听到院子里一片喧闹，便问缘由。

原来，有两位弟子起了纷争，一人恶言责骂，而另一人默然承受。

直到后来，恶言责骂的人悟到了自己的过错，马上到对方的面前承认错误，乞求原谅，但却不被接受。其他弟子也纷纷前去劝解，所以庙里一片喧闹。

佛陀了解了事情的缘由之后，对弟子们说："一个人不怕犯错，就怕有错不改。认识到错误，有勇气悔过，就能获得纯净的内心。就像一块抹布，脏了之后，用水清洗，还能恢复干净，所以肯忏悔的人仍然值得尊敬。但是，如果一个人，不愿接受他人的真诚忏悔，那么他就是愚笨之人，将蒙受嗔心之害，长时间得不到善果。"

接着，佛陀又说："用瓢舀酥油往灯盏中添加灯油，火焰会越来越旺，最后烧着了瓢。嗔心也是一样，'一念嗔心起，百万障门开'：嗔心之火能燃烧功德之林，烧毁自己的善根，带来万障重重，所以修行之人要慎防嗔心，如果能够主动调解自身，人们也乐于接受他。"

经过佛陀的教导后，两位弟子都意识到了自己的错误，于是诚恳地向对方忏悔。

一颗嗔怒之心会损毁我们的心灵，只有用一颗善良的心去包容世间万物，我们的心才能保持纯净，得到升华。

释然——得失之间观天下

用一颗豁达包容的心去看这个世界，这个世界也必定是美好的。

世间万物本就纷繁复杂，每样事物都有好坏两个方面：只要我们用豁达包容的心看待事物的缺点，你就会发现这些缺点有时也会转化成你的优势。

有人说："包容有多少，拥有就有多少。"正是这些存在才让我们身心轻松，并感受到了对人生的满足。

开阔心胸

学会忍让,才会于人有所裨益;懂得宽容,才能让德行日益增大。有一句话,意味深长:"宽恕乃是对自己最大的解放。"对别人释怀,其实就是对自己的善待。

心胸狭窄,犹如被一叶障耳目,能看到只是别人的缺点、不足,却看不到他人的可爱之处。

每见到仇恨之人一次,苦痛便增益一分,加在心上的包袱也越来越重,又怎么能够展开笑颜呢?

时日一长,心灵都将无法喘息,仿佛整个世界,只有自己是对的,他人连呼吸也是一种错误,天天为别人的"错误"纠结。由此,快乐又将从何而来呢?

每天横挑鼻子竖挑眼,无法释放自己,又怎么能享受生活的乐趣? 当你斜眼看世界,整个世界都不能入眼。

此时,有没有想过,兴许是偏转的视角欺骗了自己,又或者是灰尘入了自己的眼睛,使得眼前的这个世界,似乎总带着那么一点点不平、一点点污秽。

打开心胸吧,只有自己释放了自己,才能活得自在。

不顺心让我们愤愤不平。

长期以来的忍受使我们成长为一只防范心极强的刺猬,为了一些微不足道的小摩擦小误会,我们不惜用恶毒的言语刺伤别人,用一些看似不经意的小动作去伤害别人。

当这些利剑在他人身上留下了千疮百孔,即使后来可以拔得出,伤痕却是无法愈合的了。

只有宽容地看世界,用广阔的胸怀包纳人世,对待他人和体谅他人,我们的心灵,才能活得自在,从而获得一个放松、潇洒的人生,微笑地迎接人世间的风浪。

学会豁达吧,用豁达的心对待世界,对待他人,对待自己,多想想他人,跳出自己的圈子。你会欣喜地看见身心的解放,自由的天空,等待你轻松地去翱翔。

心广,于是容万物;宽怀,于是载苍生。

宽容是一种生活的艺术、人生的智慧,是洞明世间万象以后所获得的那份从容、自信和超然。比大海、天空更广阔的是人的胸怀。放宽心,迈出那一步,你就会发现,世界并不是想象的那么糟糕。

宽容忍让是一种博大的处世胸襟

大方豁达的待人态度不仅能给他人带来快乐，也是持这一态度的人获取快乐的巨大源泉，因为它使你受到普遍的喜爱和欢迎。

《人性的优点》

在纽约街头的公共汽车上，一个红发的男青年往车上吐了一口痰，被乘务员看到了，并说："先生，为了保持车内的清洁卫生，请不要随地吐痰。"没想到那个男青年听后不仅没有道歉，反而说出一些不堪入耳的脏话，然后又狠狠地向地板上连吐三口痰。面对如此不讲公德的人，乘务员气得面色涨红，就连车上的乘客也十分之气愤，然而让大家想不到的是女乘务员定了定神，平静地看了看那位先生，对大伙说："没什么事，请大家回座位坐好，以免摔倒。"一面说，一面从衣袋里拿出手纸，弯腰将地板上的痰迹擦掉，扔到了垃圾桶里，然后若无其事地继续卖票。看到这个举动，大家愣住了。车上鸦雀无声，那位先生的舌头突然短了半截，脸上也不自然起来，车到站没有停稳，就急忙跳下车，刚走了两步，又跑了回来，对乘务员喊了一声："请你原谅我的粗野！"

这位女乘务员面对污辱，既没有争辩，也没有与之吵闹，而是忍下一时之气，主动退让一步。这种退让使她取得了道德上，人格上的胜利，同时给了那位不讲社会公德的人一个深刻的教训。所以，生活中要注意培养这种忍让宽容的习惯，就像人们常说的那样：忍字头上一把刀，遇事不忍把祸招，若能忍住心头急，事后方知忍字高。

某女士在家排行老大，小时候家境艰难，父母忙于上班，照看两个弟弟、洗衣做饭等家务事早早就落在她的头上。弟弟怕她，父母疼她。因此她养成了能吃苦受累不能忍气吞声的个性。后来参了军，在部队纪律的严格约束下，部队的一些要求她虽然行动上执行了，可心里却不服气，常常牢骚满腹。而她真正成熟进步是从学习忍让开始的。她当的是通信兵，搞长途话务，记得刚上机时，负责培训她的是连里比较厉害的一位老兵。有一次，用户要与部队下面的一个分站通话，她拿着插头不知往哪条线路上插，正犹豫着，那位老兵一把将她的手打下，说："你别拿着我的插头巡逻了。"从小到大，她哪里受过这个气，当时她的脑袋嗡的一声，血往脸上直涌，泪水在眼窝里打转，真想摘下话筒跑掉，或者和老兵大吵一架。

可是一刹那间，她忍住了。想起平时上级说的三尺机台就是战场，要是跑掉不就等于在战场上开小差了吗？所以她一边忍着气抹着泪，一边认真地看老兵操作。

下班后又帮着老兵整理话单，打扫机房，这时心情已经好多了；而老兵也觉得有些过火，主动过来手把手地教她。两人以后成了无话不谈的好朋友。

忍让是理智的抉择，是成熟的表现。一个人如果能养成宽容忍让的习惯，那么他就会获得别人的尊敬。

威廉·麦金莱刚任美国第25任总统时，指派某人做税务部长。当时有许多政客反对此人，他们派代表前往总统府，要求麦金莱说明委任此人的理由。

为首的是一位身体矮小的国会议员，他脾气暴躁，说话粗声粗气，开口就把总统大骂一番。麦金莱却不吭声，任凭他声嘶力竭地骂着，最后麦金莱才极和气地说："你讲完了，怒气应该平息了吧。照理你是没有权力这样责问我的，但现在我仍然愿意详细地给你作出解释……"

这几句话说得那位议员羞惭万分，但总统不等他表示歉意就和颜悦色地对他说："其实也不能怪你，因为我想任何不明真相的人都会大怒。"接着，他便把理由一一解释清楚。

其实，不等麦金莱解释，那位议员已被他折服，他心里懊悔自己不该用这样恶劣的态度来责备一位和善的总统。因此，当他回去向同伴们汇报时，只是说："我记不清总统的全部解释，但有一点可以报告，那就是总统的选择并没有错。"

"忍"不但使麦金莱的解释获得极好的效果，而且使那位议员从此悔悟，以后永远不再作出令人难堪的举动。别人故意用种种计策让自己大发脾气，自己一气之下，就会作出不理智的事情，这样无疑是自讨苦吃。

不仅如此，敌视自己的人也会故意发起挑衅，如果不冷静地忍让，就会让自己陷入窘境。

　　现实生活中,让人生气、令人发怒的事会随时发生,作为一个有头脑的人,为了更好地、安宁地生活和工作,理智地处理好各种不愉快,就需要培养自己忍让的习惯。如果不忍,任意放纵自己的感情,首先伤害的是自己。例如对方是自己的对手、仇人,有意气自己、激自己,自己不能忍气制怒、保持清醒头脑,就容易被人牵着鼻子走,中了人家的计。

　　忍就是控制人性中的情感,所以要养成忍让宽容的习惯可能很困难。但如果做到了,就会有很多收获,往往就是在宽容忍让之后,在某个方面有所突破,从而实现最初的梦想。

从宽容中显示情操

从一个人有无气量即知一个人有无成功的潜力。那么,怎样才能看出一个人有无气量? 从什么地方能看出他的气量呢?

林肯当选为美国总统后,他对政敌的态度引起了一位官员的不满。这位官员批评林肯说,"你为什么试图跟那些敌人做朋友? 你应该想办法去打击他们,去消灭他们才对。"林肯平静而温和地说:"难道我不是在消灭我的敌人吗? 当他们变成我的朋友时,就没有敌人存在了。"

面对"敌人",大多数人的看法是毫不留情地把他消灭掉,因为对敌人的仁慈,就是对自己的残忍。这话听起来很有道理,但事实并非绝对如此,正如一位哲人所说的:"我们的成功,也是我们的竞争对手造成的。"所以在一定的情况下要像林肯那样,用宽容的眼光去对待"敌人",用宽容来"消灭"他。

在怎样消灭敌人这件事情上,还有一个人的做法与林肯较为相似,这个人就是拿破仑。

拿破仑对面前的任何障碍都狂怒异常,对待任何胆敢抗拒他的意志的人都严厉无情,可当他获胜时这种态度就全然改变了。他对败军的态度是极为宽容的,他真诚地怜悯他们。他经常对手下的人说:"一个将领在打了败仗那天是多么可怜!"

有两名英军将领从凡尔登战俘营逃出,来到布伦。因为身无分文,只好在布伦停留了数日。这时布伦港对各种船只看管甚严,他们简直没有乘船逃脱的希望。

对家乡的热爱和对自由的渴望促使这两名俘虏想了一个大胆而冒险的办法,他们用小块木板制成一只小船,准备用这只随时都可能散架的小船横渡英吉利海峡。这实际上是一次冒死的航行。当他们在海岸上看到一艘英国快艇,便迅速推出"小船"。竭力追赶。他们离岸没多久,就被法军抓获。

这一消息传遍整个军营,大家都在谈论这两名英国人的非凡勇气。拿破仑获悉后极感兴趣,命人将这两名英军将领和那只"小船"一起带到他面前。他对于这么大胆的计划竟用这么脆弱的工具去执行感到非常惊异,他问道:"你们真的想用这个渡海吗?""是的,陛下。如果您不信,放我们走,您将看到我们是怎么离开的。"

"我放你们走,你们是勇敢而大胆的人。无论在哪里,我见到勇气就钦佩。但是你们不应用性命去冒险,你们已经获释,而且,我们还要把你们送上英国船。你们回到伦敦,要告诉别人我如何敬重勇敢的人,哪怕他们是我的敌人。"

拿破仑赏给这两个英军将领一些金币,放他们回国了。

许多在场的人都被拿破仑的宽宏大量惊呆了。只有拿破仑知道,他的士兵们将从这番话中受到怎样的鼓舞,他的人民将如何赞扬他的宽容无私。他似乎已经听到了士兵们震天的呼声以及巴黎激动的口号。

魔力悄悄话

用宽容的态度去对待你的"敌人",这样就会表现出你的与众不同之处,也正因为你闪光的人性,使你得到别人的信任和敌人的佩服,这样你就既赢得了他们的心,也取得了最高层次的胜利。

第三章
知足心安　获取幸福

知足是天然的财富,奢侈是人为的贫困。

——希腊民谚

知足常足,终身不辱;知止常止,终身不耻。

——老子

也许人就是这样,有了东西不知道欣赏,没有的东西又一味追求。

——海伦·凯勒

在我们了解什么是生命之前,我们已将它消磨了一半。

——赫伯特

知足者常乐

生活在这个色彩缤纷的世界中，几乎每个人都处在"比上不足,比下有余"的境地。如果太爱攀比,心理失去平衡,很可能会影响到生活的质量和身心的健康。要懂得知足常乐的道理,必要时还要学会退让甚至是放弃,这样,展现在面前的就是另一番天地。

人生在世的诸多痛苦大都是由不知足招致的。一个人的生命是有限的,而欲望是无尽的,以有限的生命去填补无尽的欲望,总会有力不从心的感觉。于是,痛苦便产生了。人生种种的不如意,都是不知足带来的。不知足是不幸福、不快乐结出的花朵,不快乐、不幸福也是不知足生产的果实。两者互为因果,亘古如此。

俗话说:"知足者常乐。"只有懂得满足,才能体会到由满足带来的幸福感觉。知足也是一种心态,一份从容,身边的许多诱惑不挂碍于心,淡泊心志,进退无忧。

知足是让我们生活幸福的习惯,有了这个习惯,生活中的幸福就会一个接一个。如果每天都以知足的心态去面对生活,生活将告别苦闷无聊,变得生动快乐起来。

从前,大森林里居住着一个动物王国。动物王国的成员不断发展壮大,很快地,动物王国的领地就不能满足如此多的成员栖息了。为此,狮王召开了全体动物大会,在会上,狮王决定派遣一支探险队,去没有同类足迹、没有人类活动痕迹的地方开拓新的领地。

骆驼被狮王任命为探险队队长,探险队其他成员还包括猎豹、大象、狐狸、长颈鹿、猩猩。大家做好了充足的准备,便踏上了寻找新家园的征程。

一路上,队员们在骆驼队长的带领下,跋山涉水,晓行夜宿,翻山越岭,穿过戈壁荒漠,历尽千辛万苦,可是没能找到适合栖息的理想家园。于是,有的队员就开始心灰意冷,不断地抱怨起来,说路如何难走,食物如何难吃……只有猩猩一路上始终很愉快。

有一天清晨，队员们都还在熟睡中，猩猩起床去河边洗脸。当它返回的时候，其他的队员才刚刚起床。

"早上好，伙计们！"猩猩心情愉快地向同伴们打招呼，可是，它们一个个都没反应。"伙计们，嗨，今天的天气多好啊，清晨的景色多美啊！"猩猩再一次向同伴们打招呼，并快乐地哼起歌来。猩猩的举动很是让人费解。

狐狸翻着白眼问道："你好像很高兴啊，难道是拾到了宝贝吗？还是找到了什么新鲜玩意？"

"是的，你说得没错，"猩猩说，"一路上我看到了很多美丽的风景，我被它们的美丽迷住了，深深地陶醉其中，这难道还不足以让人高兴吗？你们为什么只顾低头走路，难道大自然的馈赠还不能让你们满足吗？"

有时候，我们被自己的目标牵引得太紧了，没有放松的余地，使得原本属于自己的快乐也从身边溜走。同样是探险队的成员，同样的跋山涉水、艰苦行进，可是感受却完全不一样。猩猩因为知足，懂得欣赏大自然的馈赠而身心愉快；同伴们只知道一味地寻找目标，不知道满足，更不懂得欣赏，错过了路上优美的风景，最后疲惫不堪，一无所获。

不知足是痛苦的根源，知足是快乐的根本。现实生活中，如果我们孜孜以求于一个目标，会错过很多原本属于你的东西，而且，一个目标实现了还会有更多个目标等着你去完成。

知足常乐是一句古训，亦是人生的真谛。诸葛亮"宁静致远、淡泊明志"；陶渊明"采菊东篱下，悠然见南山"；"做人不倚将军势，饮酒岂顾尚书期"的李白，把酒临风，漠视权贵；当代"牧马人"曲啸，身陷囹圄，妻子离他而去，他却仰天长啸"大丈夫何患无妻"。他们的言行蕴含着知足者的宽阔情怀，尽显常乐者的怡然自得。

知足常乐是福。人生只有知足才会"幸福"。金钱、地位、名利这些闪闪发光的东西，谁不想拥有。其实，想明白了，这些只不过是过眼烟云、身外之物。知足常乐，贵在知足。有人说知足是根，常乐是果，知足弥深，常乐的果才会丰硕甜美。只有知足的人，才会懂得珍惜，才会开心快乐。

满足现状是最具理性的处世智慧

所谓的现状,就是一个人所拥有的已经相对稳定了下来的生存和生活状况。它是现实对你的人生暂时的框定。你要是刻意地去打破它,就是在与现实进行碰撞。

美国人艾迪·雷根伯克在探险时,与他的同伴迷失在浩瀚的太平洋里,他们毫无希望地在救生筏上漂流了 21 天之久。

艾迪说:"我从那次经验里所学到的最重要的一课是:如果你有足够的新鲜的水可以喝,有足够的食物可以吃,你就绝不要再抱怨任何事情了。"后来,艾迪在他浴室的镜子上贴上了这样几句话,好让自己每天早上刮胡子的时候都能看到:

人家骑马我骑驴,

回头看看推车的,

比上不足,比下有余。

知足,是对欲望的一种理性的审视。俄国作家契诃夫对知足常乐有深刻的体会,他说:"为了让内心不断感到幸福,甚至在忧伤悲愁的时候也不变,那就需要善于满足现状;高兴地体会到'本来事情可能更糟'。如果你有一颗牙疼起来,那你就要欢欢喜喜,因为你不是满口牙都疼。你手上扎了一根刺,你要高兴地喊一声:'幸亏不是扎在眼睛里!'"

红尘滚滚,步履匆匆。为名来,为利往,为一日三餐奔波。浮躁的心难得被什么打动。不经意间,却听到一个平淡却可以震撼心灵的故事。

一对年已耄耋的夫妇,女的因偏瘫长年卧床,男的亦患上轻度的阿尔茨海默病。

每天,做丈夫的总是坐在妻子的床旁,默默地陪伴着老妻,偶尔说上几句话;做妻子的则总是抓住丈夫的一只手,无言地摩挲着。

到了吃饭的时间,丈夫就会挽扶起妻子,走到饭桌边,和儿子一家共同进餐。老妇人如果不慎呛一下,就会有一只布满老年斑的大手轻轻拍拍她的背……吃过饭,两位老人就手拉手地在沙发上小坐,看着儿孙们收拾饭桌。一日又一日,老人们就这样和儿子一家过着清贫的生活。

黄金万两又怎样?从这对老夫妇平常的生活中,我们不难读出他们在几十年沧桑岁月中相濡以沫的幸福。

对必然的事轻快地承受,就像杨柳承受风雨,水接受一切容器,我们也接受一切事实。

降低欲望　知足常乐

所谓知足,是一种平和的境界;所谓常乐,是一种豁达的人生态度。生活中我们经常会为各种烦恼所困扰,比如一些人哀叹社会不公、时运不济,有一种"黄钟毁弃,瓦釜雷鸣"的失落感。在这种心态下,觉得失意、气馁,感到活得很累、很苦,在哀叹中消沉下去,一蹶不振,甚至产生轻生的念头。其原因就是缺乏知足常乐的心境。

一个农夫骑着毛驴走在路上,看见前面有位富绅骑着枣红马威风凛凛。农夫很自卑地长叹一声:"我这辈子要是能有一匹枣红马该多好呀,小毛驴走起来真的太慢了!"内心很不平衡。可农夫回头一看,发现后面居然有一位挑着担子被压弯了腰的老汉,累得汗流浃背。见此情景,农夫恍然大悟,自己与前面的富绅无法相比,但却比后面挑着担子的老汉要强上百倍。想到此,农夫的心里便开始感到知足、快乐。

知足常乐,在烦躁与喧嚣中,会过滤一种压抑与深沉,沉淀一种默契与亲善,澄清一种本真与回归,久而久之,便会步伐轻盈,精力充沛。小说《笑傲江湖》里有一句话:莫思身外无穷事,且尽生前有限杯。虽是虚构,却不失为一种人生感悟,点出"人生一世,草木一秋"的真谛。如果人人都能知足常乐,世间便会少一点横眉冷对,多一点笑脸相迎。

人在江湖,知足常乐。对事,坦然面对,欣然接受;对情,琴瑟合鸣,相濡以沫;对物,能透过下里巴人的作品,品出阳春白雪的高雅。做到知足常乐,有了良好心态就会在待人处世时,充满和谐、平静、适意、真诚。

懂得知足　才能懂得快乐

生活中什么样的人,才能与天地共色? 又是什么样的情,才能让百炼钢化成绕指柔?

人生里的前程似锦,更多时候只是海市蜃楼,如为亘古仅存的一轮红日,奉献你如晨曦一般的初心。只是一厢情愿地相信未来如自己想象般美好,然而前程未定,未来到底是什么样子,谁又能说得清楚?

知足不辱,知止不殆。

无无无有,无有无无。有无之间,总是相互转化,这道理归结起来其实就是知足常乐。只有知足了,才能不在乎得失,才能心如明镜。

人,总归要活在当下的,能记住当下的美丽,已是三生有幸。

禅宗有一个关于人生与财富的故事。

从前有一位王爷,享尽荣华富贵,功名利禄也不缺。然而他还是不快乐,总觉得生活中少了一些东西,于是他便上山向山中的了然禅师求教。了然禅师跟随王爷下山来到王爷的府中,王爷带着禅师在家中转悠了数圈,最后来到了厨房,忽然二人听到有人在快乐地哼着小曲。他们循着声音望去,原来是王府的厨师正在唱歌做饭,十分快乐。

王爷不解,便上前问道:"为什么你只是一个庖丁,却如此悠闲自在?"

厨师回答说:"我家祖祖辈辈在王府工作,50 年了,生活十分稳定。我虽然家中也有妻儿老小,我们所需不多,头顶有间草屋,肚里不缺暖食,家庭和睦快乐,便已是足够。"

王爷仍然不解,了然禅师便接话说:"王爷不是觉得缺少了一些东西吗?何不让老衲一试? 那样王爷便知自己缺少什么。"

当晚,禅师吩咐人用黑布包好九十九枚铜钱,放在厨师家的门口。

厨师回家时,见门口有一个布袋,好奇之余便打开布袋,他先是惊讶,然后是狂喜。"好多钱啊!"厨师一边呼喊着妻儿,一边推开门冲进家里。厨师将包里的铜钱全部倒在桌上,开始查点,99枚,他又数了一遍,还是99枚,于是他数了一遍又一遍,的确是99枚。他开始纳闷:为什么是99枚,一个袋子里应该是100枚才对,难道是掉在哪个地方了?于是他开始一遍又一遍地寻找那"不见了的1枚"。但是直到他气喘吁吁,甚至连回家的路上都寻找过,仍然没有那枚铜钱的下落。他失望,沮丧,不开心到了极点。回家之后,厨师没有和妻儿好好吃饭便倒头就睡。

第二天,厨师决定努力赚钱,早日让钱可以到100枚。他向账房申请了提前支取一点报酬。但是由于昨晚找钱找得太晚,他身体疲惫,睡眼惺忪地便匆匆来到王府工作。厨师的脸上不再带着往日的笑容,那支快乐的小调在厨房再也听不见,他埋头工作,甚至比平时更加努力,平时和伙计聊天的话题也变成了很怕月底拿不到粮饷,怕会被赶出王府,自己完不成得到100枚铜钱的愿望。

了然禅师将他的所见所闻一五一十地描述给了王爷听:"王爷,到底是什么让厨师不快乐呢?"

王爷摇摇头表示不解。

禅师继续说:"使他不快乐的,便是那得不到的1枚铜钱。就如同王爷一样,坐拥财富名誉,仍然觉得自己少了一样东西。欲望是一个深不见底的无底洞,你丢一枚钱币下去,只能听到叮叮咚咚钱币和墙壁碰撞的声音,于是你便想再丢一枚下去,直到它满为止,然而欲望真的可以填满吗?99枚铜钱和100枚铜钱又有什么区别呢?"

王爷顿悟,于是便带着禅师去找那位厨师了。

努力想要得到,便要为此付出代价,渴望尽早实现那个令人向往满意的"100"。原本生活中那么多值得高兴和满足的事情,却都因为这得不到的"1"而消失不见。厨师和王爷都是一样的执拗,在人生路上,把过往的钱财看得太重,一股戾气在心中蔓延,遮蔽了原来属于知足的快乐。

人生,有太多需要创造的财富,有太多需要达成的愿望,这些财富愿望围绕在我们周围,陪伴在我们成长的过程中。

如果我们不能让财富成为我们的仆人,它便会成为我们的主人。一个贪婪的人,与其说拥有财富,不如说是财富拥有他。与其说他是在实现梦想,不如说是梦想在驾驭他。

知足是不固执于追求,是放下新的负担,是没有牵挂的自在。遭遇困扰与不幸,学会自省,不要怨天尤人,愤世嫉俗,平心静气,直面现实,让一切过去。

知足是面对烦恼保持内心,无视虚妄,检点包容,不生气难过,不将过错推诿于他人,是正视是非曲直的浩然正气。唯有此,我们才能不被纷扰迷乱,拾得真正快乐的内心。

为了得到的付出,最终无所得;无条件的给予,才能带来意想不到的收获。

除一己私心是为无我,助众生解脱是为利他,无我利他即为修行。无我利他的修行中,体会苦乐,开启生命智慧。

知足则心安

《佛所行赞》卷五说:"富而不知足,是亦为贫苦。虽贫而知足,则第一富。"

一块糖,一本书,一个儿时玩具,一段旧时记忆,这些都可以成为我们满足开心的理由。重要的是,我们懂得珍惜拥有,我们感念足够。

外事不可控,我们能把握的,只有自己。学会自我满足,不贪念,不嗔怒,随遇而安。趁着夜色宁静,自检反省;管他月圆月缺,收回宽泛逃遁的心,只遵循内心的安宁。

今日之事不可追,昨日之事不可留。为逝去的欢送,为当下的感动。头顶飞过的风筝,带来远处的祈祷和祝福;人海尽头的依稀背影,熟悉的笑容承载着最美好的回忆……我们怀抱过去,拥抱现在,满怀感恩走向未来。

春日的午后,阳光里四处弥漫着温暖的味道。小沙弥在午睡后醒来,看着门外金灿灿的阳光,晃晃悠悠地搬了条板凳,在门口的阳光里坐下,一副睡眼惺忪的样子,神游在外。

师父来到小沙弥身边,坐下,问道:"看什么这么入神,下午的课业都不去做?"

小沙弥在阳光的倒影里转过身来,皱着眉头,做出一副思考良久、苦大仇深的样子,不答却反问道:"师父,院口的那棵柳树,是风吹着它在摇摆还是它自己在动?"像是怕师父不知道他说的是哪棵树一般,他还特地伸长了手臂,指向柳树。

师父笑了笑,黝黑的脸被绽开的笑纹填满,目光慈爱地看着小沙弥,没有转头去看柳树一眼,便说道:"既不是风吹着它动,也不是它自己在动,而是你的心动了。"

小沙弥听了师父的话,心有愧疚,这才收回目光,把凳子搬回房间,起身跟着师父去做课业了。

释然——得失之间观天下

陶渊明曾在《归去来兮辞》中写道:"既自以心为形役,奚惆怅而独悲!悟已往之不谏,知来者之可追……"这里说的是既然让心灵被形体所驱使,已然违背自己的意愿,又为何失意伤悲?懊悔过去的错误,已经无法挽回,但寄希望于未来的岁月可以弥补。

这样的反省,也不失为一种知足。对于以往的过错,能够正视、吸取教训;对于今后计划,只寄希望于不再重蹈覆辙,反倒是满足于当下,乐享天成。

古人的田园志趣在今日看来,似乎有些格格不入。纸醉金迷的泛滥,早已沦为欲望的无尽无休。在举步维艰的行进道路里,一步踏错,步步紧逼,找不到出口。稍事放纵的阴谋四伏,曾经年少的梦早已腐朽,未来的路途还埋藏着多少阴霾?

浮生乱世,只求身心安稳,有一屋得以栖身,有相知相守得以陪伴,有日落星辰同起同落,这不就是世上所能遇见的最好生活吗?懂得知足的人,自然会懂得这份难得的美好,懂得知足的人,又哪里还需要那些生不带来死不带去的身外欲念来拖累这本就沉重的心头安稳?

知足则心安。懂得知足了,才能无所贪;无所贪,则心宽如海,世间万物都如在心中。知足可以让我们安贫乐道,无鸢飞冲天之心,让我们专注于我们拥有的快乐的生活。

要想心安,须先懂知足。造物主已给了我们整个世界,给了我们个体意识,给了我们至爱血亲,给了我们心中所系。如此厚重,还不能把心空出来享受这份神奇的礼物,感恩这般富足的拥有,又能追寻到其他什么呢?

安莫安于知足,危莫危于多言;利莫利于喜舍,乐莫乐于禅悦。知足常乐养身心,烦恼不随清净心。阳光普照,众生平等;岁月静好,知足当下。

眼下拥有的便是最好的

昨日已然逝去的就像随风幻化的尘,早已被时光埋没殆尽;来日未曾现身的就像羽化成仙的蝴蝶,还未来得及看清闪耀的羽翼就已飞身上天,不可得见。唯有立足当下的拥有,才是我们所应珍惜守护的幸福。

也许不够美好,但你现在不屑虚度的今天,是昨天已来不及希冀的明天;而你嫌弃厌恶的现在,是未来悔恨不及的曾经。当下如此难得,还不懂得珍惜一切,又何谈幸福地拥抱世界?

幸福很虚幻,没有人抓得住它的身影,也没有人能描绘它的形状;幸福又很实在,它让人们脸上笑容洋溢,它让人们心头温暖徜徉。

现下的幸福就是此时健康的身体,慈祥的父母,孝顺的子女,喜爱的工作,亲密的爱人……任何一样,都是我们所拥有的幸福。

珍惜,是一种成熟的胸怀,是一种收放自如的自信。风云变化的人生际遇里,看似平常的一切都是造物主的珍贵赐予。我们要学会的是在逆向而行的风中保存淡然恬静的内心。

珍惜现在已有的,是对生活最大的感恩,是对生命最高的尊敬,是在顿悟之后的超然与从容。无论天朗气清还是强风骤雨,生命里出现的一切都是生活所提供给我们的礼物,只要珍惜这份不可多得的幸福,就能跨过一切荆棘与坎坷,笑看花谢花开、人生起落。

寒冬腊月,雪峰禅师和钦山和尚徒步而行。两人从清晨出发,专心赶路。在中途休息时,雪峰禅师脱下鞋子,想揉揉脚,却发现鞋底竟然有多处被磨破了,于是拿着鞋子,也不管旁人,道:"鞋子啊鞋子,你可得再多多坚持,我们这一趟还得走上至少三个月,你可不能在中途就给我闹罢工啊!"

钦山和尚看着与鞋子对话的雪峰禅师,自叹不如道:"禅师对一双磨破的鞋子都能聊天谈心,佛心真是宽广啊!"

"不懂得珍惜的人,不会理解万物的不易,更不能领悟生命的真谛。"雪峰禅师正色道。

可钦山和尚却指着对面的河水，突然大喊道："看！一片菜叶正从河面漂过来。"钦山和尚摸了摸下巴，接着道："菜叶是从上游漂下来的，说明上游肯定住有人家，不如我们前去化缘吧？"

"这样新鲜的菜叶就这么被丢弃了，这种不知珍惜的人，不值得我们化缘，还是早点起身，去别处看看吧！"雪峰禅师边说边来到河边，将那片菜叶捞了起来。

就在两人收拾好行囊准备离去时，有个农夫沿着河边的小路，从上游直奔而下，还冲着两人大声喊道："两位高僧，请留步！"

雪峰禅师和钦山和尚停了下来，农夫气喘吁吁地来到二人面前，双手扶着膝盖，仰头问道："我刚才在河边洗菜，不小心一片菜叶被河水冲走了。这菜叶都是我刚从田里摘下来的，新鲜着呢，不知二位高僧可曾看到？"

钦山和尚想插话，却不料农夫还在一直念叨："那么好的菜叶被冲走可就太不值得了！"

雪峰禅师也不说话，只是笑着将已经装进包裹的菜叶拿了出来。农夫一见菜叶，高兴得眼睛都直了，大笑道："两位真是善心，菜叶找回来可真是太好了！我儿子最爱吃这个，多谢二位！"农夫还不忘双手合十，给两人道谢。

雪峰禅师笑着道："还要谢谢施主您对菜叶的珍惜，不然我们就错过了善行。"雪峰禅师与钦山和尚默契地点了点头，便溯流而上，化缘度人去了。

农夫不因菜叶的微小而放弃追逐，雪峰也因懂得珍惜而拥有了向善佛心。世间万物都是独一无二的存在，我们现下拥有的就是最好的幸福。懂得珍惜万物，活在当下，感恩拥有，便是我们对造物主的最好回敬，是我们能自主把握的美好。

享受当下悠然自得的宁静，不去追寻遥不可及的云彩，不懊恼已经烟消云散的过往。对生活不要苛刻，对他人不要强求，满足于自给自足的快乐，珍惜已经拥有的幸福。

世界原本很简单，自转公转，莺飞草长。只是这样庇护供养下的人心，却不与为伍，反与为敌，四处作怪。只顾过分追求，却不懂活在当下，于是把自己逼入死角，把世界搅得乌烟瘴气。

当下的幸福其实简单又纯粹，浩荡又淋漓。山间的虫鸣奏响的是生命的气息,满树的红花绽放的是青春的绚丽,入海的河流承载的是万象的奔腾,相拥的恋人谱写的是甜蜜的舞曲……只要能静下心来感悟,怀抱感恩的心情,世间万物都能"目遇之而成色,耳闻之而为声"。

乾坤容我静,名利任他忙。快乐、幸福从内心生起,我们却不去了解和关注内心;外在的条件,只是产生快乐、幸福的辅助条件,我们却全力追求。一个人不了解内心的真相和规律,就无法掌握快乐、幸福的主动权。

与其抱怨　不如改变自己的心态

快乐的时光总是匆匆易逝,烦恼的事情总是不请自来,与其悲伤春秋,陷进自寻的泥潭不可拔,倒不如随他来去,恣意人间。

不要毁了自己的好心情,看一场电影,听一段歌剧,舞一段桑巴,看一本新书。不为凡尘琐事操累,只需在意自己,是否享受当下,闲适开心。

世界如此之大,我们的生命渺如沧粟,要在这里为自己寻一些乐意,找一寸舒心。保持愉悦的终极法宝是我们自己。不依附外物,不寄托尘世,让自己的心灵自由,让快乐主动找到自己。

万物的发生延展就像被预先排列好的多米诺骨牌,有其固有方向。有些是我们注定阻挡不了的遥相两望,即使纠缠搅扰不依不饶,依旧不为所动,只按照既定路线依次倒下。因而不要期盼等待,转而忧伤,继而愤恨抱怨。与其如此,不如移开自己的目光,将心力用在能改变完成的地方。

抱怨是一种不分青红皂白地错怪,看不到自己身上的点滴,只抓他人的痛脚。唯有修正内心,才可与世界平行。摒弃以自我为中心,不随外物起伏失落得意。放下因落差而生的烦恼,放下不顺心意的抱怨,放下命运不公的认解,放下即刻的心态转换,才能拥抱整个世界。

极喜爱兰花的金代禅师因为要外出云游,就将园子里精心栽种的十几盆兰花交给弟子代为照顾。

其间,弟子们都遵照禅师的指示,对兰花呵护有加,却不料在一次浇水时,一个粗心的弟子碰倒了摆放兰花的花架,一时间兰花全部应声而落,跌落满地。

弟子们都害怕不已,但又无能为力,只好等着师父回来,准备赔罪领罚。

等到金代禅师云游回来,听说兰花被砸后,却连一句责罚的话都没有,只道:"我虽喜爱兰花,平日里也精心呵护,但只是出于对生命的怜爱,如今兰花都已不复存在,又何苦为了这没有意义的事情责罚你们? 这也违背了我种兰花的本意。"

弟子听了禅师的话后,都自叹不如,悔自己太过计较得失。

禅师之所以能不为兰花生气,就是他在接受了兰花已逝的事实后,改变了自己的心态。喜欢兰花,却不为兰花所累,不计得失,不怨弟子,这就是我们所说,改变心态,不让抱怨毁了心绪。

生活中,我们要多一些豁达,少一些在意;多一些开怀,少一些情绪。要明白,即使抱怨也改变不了任何事情,只会加剧矛盾,伤害感情。既然如此,何不索性退一步,敞开胸怀,改变自己?

抱怨多了,往往因此难受的是自己,终日如鲠在喉,纵使山珍海味也味同嚼蜡。抱怨多了,还会因此迁怒亲朋好友,将自己的不快蔓延到他们身上。

因此,心是最难把握的,往往来去转换均不由人。可是让自己陷入夹缝,左右不得的境况只会更难。因而心态的保有需要我们勤加练习,以便在状况来临时,更好地调节。让该来的来,该去的去,坦然待之。

遭遇辛酸时,不要怨天尤人,告诉自己这样的磨难会使自己成长;彷徨无助时,不要左顾右盼,正视每个人都会有这样的时候,并相信黑暗总会过去,黎明就在不远处等待;委屈憋闷时,不妨回顾往昔的欢乐时光,看看自己曾走过怎样的欢乐与忧伤。总之,不让心境被外界萦绕,让自己去适应。尊重事物的缘起,接纳世界的差异,减少纠结与对立,从不怨做起。

让心保持坦然,能够承载损伤,能够直面死亡。黑夜漫漫,孤影寒窗,烛火摇曳,宁静止殇。时间自指尖流过,带着其自有能量。以沉着静默淡然面对,不让抱怨积聚心上,只给心态以变换。

怨,不会因抱怨停止;心,却可因心态改变。世间苦与乐,爱与恨,相生相伴,交织共生,唯有正视接受,才能让心中宁静平和。

让知足长成信仰

信仰,是一种能让双脚稳稳站立在大地上的精神存在。

造物主给了我们一切美好的事物——青山绿水,风和日丽。我们不能独霸彩虹,不能私藏夏风,不能摘得星星与明月,不能独占他人的快乐……

面对这些,我们能做的只有放手,让自己知足,让知足变成一种信仰,而后才能让自己快乐。

快乐,是内心感受,是对世事皆知足的心态。何为知足?每个人心中的标杆都不一样。

有人抛弃一切,只为得到不属于自己的;有人付出巨大代价,不论值与不值。心中永不知足,为人永不快乐。

当知足成为我们的信仰时,即使面对雨天,我们也能不抱怨,可以看骤雨打新荷,抑或疏雨滴梧桐。

当知足成为我们的信仰的时候,我们才能先看花开花落,自酌一壶酒自得其乐。

要学会知足,不强求他人所有,不在乎他人眼光,笃定自己的内心,淡然处世,参透生命,变成人生的信仰。知足,让心归为主人,不因双眼缭乱、双耳错听而被纷扰世事蒙蔽。

学会智者的清心,放下心中的魔障,让双脚因知足的信仰稳定坚实地踩在大地之上。

有只受伤的蟋蟀被风吹落,跌进佛堂前的蜘蛛网里。

蜘蛛精心为蟋蟀疗伤,伤好后蟋蟀走了,却将身影留在了蜘蛛心里。之后的时光,蜘蛛就一直在心里思念,思念这得而复失的爱情。

蜘蛛诚心向佛,希望能实现一己私心。

后来终于得缘遇见,向佛告解内心的苦楚。佛便问她道:"在你看来,何谓幸福?"

"幸福是往日失去,不可得。"蜘蛛不假思索答道。

佛听后,不再纠缠,便让蜘蛛幻化成人,去亲身体验一回。

蜘蛛出落成了一个妙龄少女,终于在人间遇见了当年受伤的蟋蟀。蟋蟀也变成了人,而且是个风流倜傥的男人。

但让蜘蛛伤心的是,蟋蟀早已忘了前世。蜘蛛心有不甘,且自导自演了一场与蟋蟀的爱情故事。

既是自导自演,蟋蟀最终爱上了别人,蜘蛛伤心欲绝,不再理会任何向她示好的男人。

直到出现了一个真正为她想为她爱的男人,她还是心动了。只是她又怕自己的心动,对不起前世的蟋蟀,犹豫不前。

于是她再度来到佛的面前告解,佛仍是只问了她一句:"什么是幸福?"

蜘蛛没了主意,只是问佛:"蟋蟀与我是前世的姻缘,为何我如此爱他,他却还是爱上了别人?"

佛不忍蜘蛛再执迷下去,便告诉她说:"蟋蟀是被风吹落送到你这来的,他原本就不是你的姻缘。而幸福也不是你所认为的往日不可得,幸福是现下已所有。你现有的幸福就是那个让你动心摇摆的男人,他的前世是一株小草,在佛前早已注视了你千年。"

蜘蛛恍然大悟,终于正视往日,知足当下。

不为已逝的断送现在和未来,蜘蛛是知足的。生命就是这样,给你的不一定是你最开始所期盼的,但一定是最适合的,只要懂得知足,就能够体会简单的快乐。

过去就像是藏于琥珀中不变的标本,已经被时光封存,不能反复。旧情则是头脑里臆造而来的幻术,无须迷恋。仅在转身前,目送旧人一程,然后各自上路。

知足的幸福在于,以己胸怀就能拥抱世界,山间清风、水间明月,虫闻鸟鸣,目黛所见,只要愿意,即是取之不尽、用之不竭的。

知足的幸福还在于,能够感知细小的事物,就算有美有丑,也不作任何矫饰。

晴天耕作,雨天读诗;静心诵读,宁气抚琴;看鱼儿水中游戏,品花儿开落满地;乏时稍做休憩,闲时泡一盅乌龙。

信仰彼此共存,简单而纯粹。

释然——得失之间观天下

知足的幸福更在于,甘于平淡,享受清静。油盐酱醋、鸡毛蒜皮,吃饭旅行、写信谈心,孤单狂欢、妄想做伴,只管自己尽兴,只图真实的开心。

将知足变成信仰,让纷繁随之成长。懂知足,人生才会圆满;有信仰,生命才被拉长。

向外追求永无满足;认识自己,明心见性,当下自足。人之所以不快乐,可能是因为不曾想过要怎样给他人带去快乐;人在自身获得快乐时,理应知觉他人的存在,设法与人同乐。

只摘够得着的苹果

如果把苹果比作梦想，那么摘得着的苹果就是能力范围内可以实现的梦想。

当下心中怀揣梦想的人，大多容易好高骛远、眼高手低，不懂得现实的残酷，不顾及自身的能力。

梦想与现实的距离，有时就像彼岸的花朵——看着很近，实则很远；或看着很远，实则很近。这取决于我们的内心，是要让梦想实现，还是永远只能像梦中一样，偶尔妄想。

如若是前者，那就要将梦想放在自己触手可及的地方，即使不那么高远，至少能够实现，让自己心安。如若是后者，则要有勇气面对梦想遥不可及的懊恼与愁闷，更要面对柴米油盐的枯燥与磨损。

因而要告诉自己——梦想可以很高远，但一定要在触手可及的范围内。

曾有一个凡事好强的青年，他虽然各方面都很拼搏努力，但依旧表现平平，于是来到深山，向禅师请教。

禅师叫来自己的几个弟子，并让他们带着这个青年去下一个山头砍柴。于是青年跟着禅师的弟子越过山头，穿过河流，去山上砍柴。

等到青年和弟子们气喘吁吁地回来时，禅师已经等在了那里。只见禅师的两个弟子率先到达，一个挑着四担柴，一个在后面小跑步。青年大汗淋漓，只挑了两担柴，走得很吃力。最后还有个弟子，乘着小竹筏顺河而下，竹筏上面竟然捆了八担柴。

青年脸上一阵白一阵红，禅师的弟子们也没有说话。禅师问道："怎么，对自己的表现不满意？"

青年一听这话，就立马说道："大师，再给我一次机会！我本来是砍了整整六捆柴的。只是后来越来越扛不动，才在路上扔了的。"青年着急解释道，"但我真的很用力在挑了，可能只是不熟练，但我一定可以做得更好的！"

禅师不说话,看了眼自己的弟子。走在前面的两个弟子说:"我们刚好和这位施主相反,我开始就只担了两捆,后来觉得累时,就和师弟商量,把柴合在一块,我们两人轮流担,这样又能休息,又不会太累。"

禅师看了一眼青年,接着道:"后来还在路上捡来了这位施主扔下的两担。"

乘竹筏的弟子接着汇报:"我个子不高,气力也不大,所以只能借助水力,把我和柴火一起送下来。"

青年听完弟子们的叙述,脸更红,头更低了。但禅师却只是轻轻拍了拍青年,道:"想比他人更成功是好的,但是在想着成功的同时更要想,自己能不能达到那个既定的目标。"

青年听取了禅师的教训,回去之后,再不纠结于怎样成功,而是把每个目标都定在自己可以完成的范围内,不再眼高手低。

人生无常,我们手中能握住的时间,都不够走完内心的一程。我们能做的,只是真心付出,诚心向善,忘记与虚妄,转痴愚为智慧,化虚妄为灵明。怀一颗知足之心,尽力而为,正视人生的前因后果,一切随缘。人力有限,越高越远的事物越是虚妄,不如退居于自己一手之间的距离,珍惜已有的美好,远离横祸恶因。

面对现实,看清梦想与自己手掌的距离,不要让梦想犹如隔岸观火,那样痛苦的最终只会是自己。

摘得着的苹果才是属于我们的,好高骛远只会让我们陷入泥淖,劳心费力却无所收获。懂得只摘我们够得着的苹果,是懂得生活的智慧。

用双眼仔细辨认,用头脑冷静分析,正视现实和梦想的距离。学会把姿态放低,把梦想拉近,做个简单幸福的平凡人,只摘够得着的苹果。

魔力悄悄话

皓月当空,照亮所有心灵。珍惜已有,便是了却烦恼,完满人生。闭上双眼,打开心门,与相知的人守望相助,坐看行云流水,领略四季变换……

面对生活的不公平

《佛所行赞》卷五说："富而不知足,是亦为贫苦。虽贫而知足,是则第一富。"

在时光的延展里,那些不公平的事情牵连而形成乱麻一般,常常束缚着世人的双腿。有时,愈要乞求于他人之事,却又愈不可得。

年少时,自以为有大气力,本领高,面对生活的诸多坎坷有一种初生牛犊不怕虎的无畏,摸爬滚打,一路披荆斩棘,即使皮开肉绽也在所不惜,终于等到有朝一日,回首往事,才后悔自己在前行的路上错过了多少风景,与多少美丽之人擦肩而过。

世间难免有太多不平之事,就如他人院中的花团锦簇,莺啼燕啭,纵使再美丽动人,那也是他人家中之物,而你,只是路过院子旁的一位过客,能共享这番美景,已是幸事一件,又何必执着于那团花簇为什么只在你眼中,而非在你手中?

遇到不公平的事,懂得去接受,是旷达的人生态度;无益的抗争,或者无谓的自怜,只会让自己陷入挣扎之中。

从前有一座禅山,传说山上住着一位得道的老禅师,关于老禅师的传说众多,甚至到了神乎其神的地步,但是始终无人能见老禅师一面,于是,越来越多的人开始往山上走,去寻找禅师的踪迹,希望有朝一日可以得见禅师一面,获几句醒世箴言,点化自己。

禅山很大,却只有一条上山的路,上山之路很长,看不到尽头。但是仍然有人不断地往山上走。

这年,有位科举失意的书生,厌倦了人生,想拜禅师为师,以解除自己的忧愁。书生带上干粮,准备上山找禅师求道。

一日,两日,一月,两月,都不知道过了多久,书生还在山中苦苦寻找,他带来的干粮已经吃光,每日以晨露解渴,以野果充饥,每当书生想要放弃之时,他便回头看看之前走过的山路,然后告诫自己"这么辛苦的山路都已经走过,又岂能回头呢"。于是,书生继续往前寻找。

不知多少日过去了,书生仍然没有找到禅师,这天他实在累坏了,便坐在一座凉亭中休息。这时,从路旁过来一个砍柴的樵夫,与书生共同端坐于凉亭之内休息。

樵夫见书生狼狈的样子便问道:"你为何如此狼狈?在此山中又有何事要做?"

书生回答说:"我十年寒窗落榜,想寻得山中的禅师开解。"

樵夫接着说:"我在山中砍柴三十载,未曾听过有禅师在此。"

书生不信,坚持道:"必然是有的。"

樵夫没有办法,只能说:"你一介书生,却能在山中存活下来,已实属不易。就如你寒窗十年,虽然未取得功名,却教会了你读书写字,教会了你为人处世的大道理,相比我这样大字不识的一个粗人来说,已是十分令人羡慕了。祝你早日得见禅师,开解你心中的疑云。"

说罢,樵夫便起身下山去了。

书生听罢樵夫一番话语,心中顿悟了。自己虽然未寻得禅师,却在山中学会生存的方法,对于他这个原本有些娇生惯养、五体不勤之人,实属不易。十年寒窗苦读,纵然没有一朝高中,却也从书中学到不少的道理。

想罢,书生顿时心境开朗,于是提起行囊,下山去了。不久书生便不执着于功名利禄,在山下建了一座学堂,以自己所学来教乡野的孩子们读书识字,每日快乐无穷。

世间的不公,正如月之阴晴圆缺,非人力所能更改,少点抱怨,学会知足,我们总能从中发现美好的另一面,只是看我们的心境。

同样,清贫的生活,只要知足常乐,纵是清粥咸菜,也能品尝到快乐的味道。

自古以来,无论诗人还是禅师,无不向往世外桃源一般的田间生活。人们常说乱世出诗豪,那些隐于野隐于世的浪漫之人,想必也是明白在这不公的乱世,唯有那袅袅炊烟,篱下农乐生活便已然是最好的人生。

反观那些坐拥无数财富的富豪,穿的是绫罗绸缎,吃的是山珍海味,住的是大屋阔院,睡的是宽床高枕,盖的是罗帐锦被,却身陷贪欲的大宅,听不到清脆的鸟语,闻不到浓郁的花香。

兴许人都期望这样一番景象:一个人耳根清净地神游半日,闲情雅致得一雅座,一盏清茶抑或一壶薄酒,叹两句生不逢时、时不利己却又庆幸自己依然可以在生活的不公之前有信步于人前的悠闲,生活忙碌却不失精彩,有风听风,有雨观雨,感叹一番路途遥远,至亲分离又有幸还有故人可以思念,读几行句读之言,写几行行书短笺,遥望前行之路越来越泥泞,却知足于人生之书越来越厚重。

自古人生最忌满,半贫半富半自安。半命半天半机遇,半取半舍半行善。半聋半哑半糊涂,半智半愚半圣贤。不与别人盲目攀比,就会悠然自得;不把人生目标定得太高,就会欢乐常在。活得太累就会痛苦不堪,知足才能常乐。乐既是苦,苦既是乐,这就是人生。

不能改变的事情 试着接受

日升月落,地球转动,都因循着其内在的自然规律,这是人类之力不可动摇的。

而人力所不能控制的又何止日升月落、地球转动,就连人类自身的生老病死都抗拒不了,在造物主面前,人类的力量何其微小。

力量虽然微小,但只要学会接受,也能广纳百川。改变不了的事物,就试着坦然接受,不与外物较劲,不与自己为敌。

天地不仁,以万物为刍狗,世间万物之生灭都有其缘由,感慨造物之无情不如学会看开点。天若有情天亦老,我们能做的,是看淡悲喜得失,人力所不能改变的事,尝试着去接受。

而除了这样的客观存在,我们不能改变的还有他人生存的方式。芸芸众生,每一个都是这世界独立存在的个体,有自我意识,有乐观的精神。即使是血脉至亲,也不可勉强改变其天性,唯一能做的,只有出于对生命的尊重,向善引导而已。

从前,有个小沙弥自小就被丢弃在寺庙门口,在众僧的照顾下长大。一天,小沙弥在去后山担水的路上,没注意踩到了一条花青蛇,被踩的花青蛇便一口,咬到了脚踝。

小沙弥忍痛一蹦一跳地回到了庙里,慧青禅师亲自替小沙弥处理好了伤口。可没想到这伤还没痊愈的小沙弥竟开始找起了长竹竿,要回去山上把咬了自己的花青蛇打死。

慧青禅师拉过小沙弥,问道:"你是在哪儿被咬的?"

"寺院后山往水井去的那条小路上。"小沙弥记得清清楚楚。

"那刚才包扎好的伤口现在还疼吗?"慧青禅师接着问道。

"不疼了。"小沙弥急着报仇,爽快地回道。

慧青禅师仍是站在那里,平淡的语气中透着一丝不容侵犯的严肃,道:

"既是不疼了,那你为何还着急去打蛇?"

"因为它咬到了我,我恨它!"小沙弥理直气壮地大声答道。

"每天经过后山小路的人那么多,花青蛇为什么偏偏只咬你?"

小沙弥突然降了语气,道:"因为我先踩到了它。"

"你恨它咬了你,这之前花青蛇岂不要先恨你踩了它?那你被它咬岂不算活该?"慧青禅师见小沙弥低垂着头,安慰道,"你现在想要去打花青蛇,只是给自己的罪孽又加重了一层,如此冤冤相报何时了?"

"可是……"

禅师打断了小沙弥,道:"你是人,还是整日在佛祖面前修行长大的孩子,应当先放下仇恨才是。"

小沙弥顿了顿,终于答道:"可是师父,我不是佛祖,我做不到心中无恨。"

慧青禅师摸了摸小沙弥的头,微微笑道:"佛祖也不是心中无恨的啊,而是他们善于解开仇恨。"

"可是哪有说的那么容易,它是用毒牙咬到我,又不是像淋浴那样简单的事情。我反正也成不了佛,做不到啦!"小沙弥带着孩子的稚气,对慧青禅师耍赖道。

"你做不到化解自己的仇恨,可以试着做到化解花青蛇的仇恨啊!这也是佛祖善于做的事情,你可以从这里开始学起。"

小沙弥愣住了,心想,化解花青蛇的仇恨也就是让它咬了踩到它的我——就像我现在所承受的——于是我就可以不跟它计较了,是这样吗?

慧青禅师知道小沙弥还未完全想通,便道:"世人对于仇恨的态度通常有这样三种——第一种是记仇,就像你刚才做的那样,把自己一步步逼入仇恨的死角,不可自拔;第二种是忘掉仇恨,就像为师刚才一直劝你的那样,尽快把自己从仇恨的泥淖中解救出来,还自己一份平和的心情;第三种就是主动与对方化解仇恨,就是佛祖通常更愿意做的事情,不但把自己解救,更解救了对方!"慧青禅师见小沙弥还在仔细思考,便停了一下,接着说道,"这就像是埋土——种花——摘花送给对方这样的程序,能做到第三种,就离佛祖的造化不远了。"

小沙弥点了点头,决定向佛祖靠拢,便在后山的小路上修了一条窄小的石板路。从此,这里再没有发生过蛇咬人的事了。

生物间的食物链法则——弱肉强食、优胜劣汰，正是顺应了这一规律，改变能改变的，接受不能改变的，适者生存。

对于自身改变不了的，可以换个角度——改变自己。比如改变不了生存的环境，却可以改变自己来适应环境；改变不了既定的事实，却可以改变自己对事物固有的态度；还有我们操控不了的时间机器，回不到过去，到不了明天，却唯一能改变自己活在当下的闲适心情，等等。

对他人不满时，先不要急着去责怪他人，而是需要检讨自己——对他人的不满，只能是苦了你自己；而试图改变他人的痛苦，则远大过接受包容的力气。每个人都有自己的棱角，既然无力磨平所有人，何不干脆打磨自己——打磨自己的态度，接受他人本真的样子；打磨自己的脾性，接受风雨的洗礼……

人生无常，但生命之火可以永远延续。谢去的花朵会在来年的春天重新摇曳枝头，我们无力扭转，却可以与之一同成长。无须担心为名利所累，实在是没必要花心思抱怨或憎恨，给心头点一盏明灯，照亮那些晦暗不堪，清空虚妄垃圾，让心灵清明，明白改变不了的事情，那就接受。

世上最恼人的便是欲望。想要，或不想要，都会令人徒生困扰。诸事既定，世事难料，你我皆无力，不如接受，不如实修，不如顿悟。

福在清静　富在知足

这世间,本没有那么多烦忧的。很多时候悲剧的酿成并不是因为世界有多复杂,而是因为我们的心有太多的欲望,将简单的问题复杂化,却忘了将复杂的问题简单化;不是因为我们得到的太少,而是因为我们想要的太多。

人心不足,欲壑难填,这是很多人在追求快乐时跨不过的一道坎。太多的人不甘于平淡简单的生活。

"天下熙熙,皆为利来;天下攘攘,皆为利往"。这是每个时代最真实的生活写照。在熙熙攘攘的逐利大军中,没有人相信名利可以从简单的生活中获得。简单生活难以为我们带来大富大贵。但是,大富大贵不等于幸福快乐,简单生活也有为我们带来幸福快乐的可能,它甚至比富贵奢华生活带来的乐趣更靠谱。

然而,却鲜有人知道简单生活的这一妙处。在那些追名逐利者眼中,简单生活就是一种苦难,简单生活意味着平凡,他们避之唯恐不及。为了逃离简单生活之苦,他们蝇营狗苟,在逐利追名的路上风尘仆仆。当功成名就时,却有很多人发现,所得的已然不是所要的。面对这种得非所求的困境,人又如何能快乐得起来呢? 但是,快乐真的那么难吗?

一个风和日丽的早上,一辆装饰豪华的马车停在了寺院外,车上走下了一名中年男子,一身华丽的装束,金银珠宝在他的身上闪闪发光,一副大富大贵的样子。

但是这名男子却苦着一张脸,频频地发出叹息。

此时,一位慈眉善目、笑呵呵的老和尚自寺院走出。中年男子看着老和尚的笑脸,叹了口气问:"是什么使禅师如此快乐呢?"

老和尚微微一笑,答道:"生活。"

中年男子显得更疑惑了,又问道:"生活真能使得您如此快乐? 那为何我在生活遇到的却都是烦恼呢?"

老和尚听后一语不发,那不为尘世纷纭所扰的淡淡笑意在他脸上晕开。他将中年男子引到自己的禅房,为中年男子倒了一杯茶,缓缓开口问道:"施主,我常听人说,只要发大财、当大官就能得到快乐。我看施主已是富贵之人,也定当不需为生活奔波了,怎么还不快乐呢?"

男子一听,叹气道:"我也曾这般想的。以前嫌粗茶淡饭的生活简单无味,我打拼多年为的就是摆脱这种简单无味,可如今小有家财,生活富足了,我却一点也没觉得快乐,反而比以前更不快乐了。禅师你既无财也无权,生活简单却也能笑口常开,是不是有什么可以让人快乐的秘诀呢?"

"我哪有什么秘诀。我的生活也就是感觉饿的时候就吃饭,感觉疲倦的时候就睡觉罢了。"老和尚说。

男子半信半疑地问:"吃饭睡觉,是每个人每日都做的。可是为什么快乐的只有您一人呢?"

老和尚微微一笑,继续问道:"你吃饭时吃得专心吗? 睡觉时睡得安稳吗?"

男子不假思索地摇了摇头。

老和尚接着说:"吃饭睡觉,再简单不过,世人却少有能做到一心一意的。施主以前不是厌烦简单的生活吗? 其实快乐常常就在这简单生活之中,只是那时的你,不能对那种生活一心一意,所以也就无乐趣可言了。快乐其实不难,难的是一心一意生活,难的是懂得简单生活,懂得知足。这世间,太多的人不解简单生活的妙处,太多的人放不下富贵生活的诱惑。

于是,有粗茶淡饭可以温饱地想着山珍海味,有茅屋陋室可以安居地想着华屋豪宅,总以为快乐就在获得的那一刻到来,永远没有满足的时候。这样,如何能等到快乐的到来呢?

"快乐其实很简单……"老和尚看向远处的树,喃喃自语道。

老和尚的一席话,听来也许觉得很简单。但是,真正懂得做到的,恐怕是少之又少吧。浅显直白的道理,听的时候谁都懂,但做起来却总是知易行难。

体会那一句"快乐其实很简单"的前提是懂得何谓简单,明白什么样的生活就是简单的。否则,快乐对于那些为生活所困的人来说,永远是复杂的。

　　简单是一种生活姿态。让我们重新拥有一双孩童般纯净的眼睛，在一地鸡毛中发现生活的多姿多彩；简单是一种处世哲学，让我们懂得知足心安，在追名逐利的大潮中泰然处之。一心一意，懂得知足，在简单的生活中，快乐也很简单。简单知足，便也长乐。

　　功名利禄，富贵荣华，尘世的风光最终也只是过眼云烟。不沉溺于得不到的，珍惜拥有的，一心一意活在当下，这便是简单生活。

第四章
随缘处世　心无挂碍

幸福的最大障碍就是期待过多的幸福。

　　　　　　　　——丰特奈尔

清虚静泰，少私寡欲。旷然无忧患，寂然无思虑。

　　　　　　　　——嵇康

怀着希望去旅行比抵达目的地更愉快。

　　　　　　　　——史蒂文森

乐观，是达到成功之路的信心。如果你相信自己做得还不错，不在乎别人怎么看你的时候，你真的可以很自在。而有所成就是人生的真正乐趣。

　　　　　　　　——吴淡如

随缘自适　烦恼即去

世间任何事都不可能事事如意，总会有烦恼围绕着我们。我们要顺其自然，不急躁，不强求，不悲观。世间万物皆有法，事物总会有自己发展的规律。随缘，随是一种豁达、潇洒；缘是万物都有相遇、相知、相容的可能性。只有做到随缘自适，烦恼方可即去。

有三个关系非常好的朋友，他们生活在同一个村庄里，一个是非常富裕的员外，一个是热爱读书的才子，还有一个是众人皆知的大学士。一天，他们三个人商量要一起去航海远行，到另一个地方去闯荡。他们找了一艘不大不小的船，正好适合他们三个人出行。有钱的员外为了到新的地方有个好的开始，便随身携带了很多的珠宝首饰；才子为了在航海的过程中不寂寞无聊，便带了很多的书；而那个学士只身一人，什么都没带。

当船行驶在途中的时候，突然下起了暴雨。为了能让小船安全地到达目的地，船家让他们赶紧把随身携带的物件扔掉。可是，有钱人怎么舍得扔掉自己的钱财？他还想在新的地方用这些钱大展身手，于是他让读书人把自己的书扔掉而读书人也不舍得丢掉自己的这些书，这可是他多年珍藏的书。他也要求有钱人把财宝扔掉，并说钱是可以再赚的，而这些书是他的心爱之物。两个人为此争执不停。学士看到这种情况，对有钱人说："我们现在处于生命旦夕的时刻，人要顺应境遇才能自保，只有把钱财扔掉，才可以保住性命。如果你要强硬留下这些钱，我们就会丢掉性命，没有性命你还怎么创造财富！"然后，学士又对读书人说："现在你有两个选择，一边是书，一边是性命，你要哪个？"

这两人听了学士的话，恍然大悟，有钱人把珠宝扔了，读书人把书丢了。最后，他们三个人乘着小船安全地到达了目的地。有钱人重新开始，白手起家，赚了很多钱，读书人把自己的知识传授给其他人，做了老师。

在人生的道路上，会有很多意想不到的事情发生。人们不能忽视周围的环境和眼前的机遇，偏执地按照自己的计划一直走下去。有时候，我们应该顺其自然，随机地应对眼前的事物。如果那位有钱人和书生固执地坚持自己的想法，那么他们即使拼上自己的性命也保全不了他们的珠宝和藏书。

随缘是一种智慧，可以使你的心态从狂躁转为恬静；随缘是一种修养，可以使你在人生的沧桑中顿悟；随缘也是一种顺应形势、与时俱进的观念，一种美好的乐观态度。顺其自然，不强求，不悲观，不执着，不怨尤，这就是随缘。《菜根谭》上说，"万事皆缘，随缘而安。"人生，要懂得一世随缘，才能活得洒脱。

随缘者遂愿

　　世间万物皆有定数，来时自来，去时自去，也就是说，我们活在这个世上，要面对各种因果缘分。缘分到来时，我们坦然面对，而缘分离去时，我们亦欣然接受。一个懂得随缘之人，才能从容地面对生命里所经历的一切，知道万事不需强求，尽人力，听天命即可。在缘分到来的时候，珍惜缘分，在缘分逝去的时候，不怨天尤人，即"顺应机缘，任其自然"。

　　曾经有一位书生，才华横溢，一表人才。在他很小的时候，父亲就为其订了一门亲事。因为两家是知交，所以父亲也曾带他去过女孩家。那时，他们都只有十来岁，在大人们聊天的时候，他们两人就在屋前的葡萄树下玩儿，很开心。后来，他父亲因为一场官司被牵连，虽没有被关进大牢，却从此家道败落。亲家看他们落到这般田地，哪里还肯将自己的女儿嫁过去随他们过艰难的日子，于是，亲家就提出了退亲。书生的父亲秉性刚直又极爱面子，不顾儿子的痛苦失落，毅然决然地答应了对方的请求，从而致使书生有一段时间一直无法走出失去心爱之人的痛苦。

　　一日，好友约他去山中一寺庙品禅茶，在那里遇见一位高僧，这位高僧对他说："官人虽然事业通达，可是眉心有郁结之气，想必有什么事情无法让你开怀吧？"于是书生便向高僧讲述了自己的平生遭遇，讲述了自己心中无法放下当日定过亲的女孩。高僧听后，命小童拿来一面镜子，递到书生面前，书生疑惑不解地望向镜子，他看到镜子里有一片苍茫的海水，一个女子赤身死在了海岸上。女子躺在那里一动不动。一会儿，有个男人从这里经过，他看见死在海边的女子，摇摇头走了过去；没过多久，又有一个男人从远处走了过来，看见躺在沙滩上的女子，脱下自己的衣服给她盖上，然后看了看她离开了；尔后，又有一个男人经过这里，他看见女子后，没有马上离开，而是在海边挖了一个坑，将女子小心翼翼地掩埋了。

　　书生看后未明其理，僧人就说，沙滩上死去的裸体女子就是你心上人的前世,而那位上前为她盖了一件衣服的人就是你,但那个把她埋葬的人就是她现在的丈夫。这辈子她与你相恋就是为了还你送她衣服的情分。书生听后恍然大悟,心胸也顿时变得开阔起来,纠结在他内心多年的怨恨立即化作一缕云烟飘散了。从此以后,书生就把所有的关爱都给了自己的妻子,与妻子的感情也是与日俱增,过着开心的生活,也不再会为一些无谓的事情烦恼。而对于生活中的一切,他也都能以一种随缘的态度去面对。

人生在世有诸多缘,父母之缘、兄妹之缘、朋友之缘、爱情之缘,还有我们此生曾经历的人生机遇,都是缘分所致。而我们能否以一种平和的心态面对生命里所遭遇的种种机缘,主要看我们怎样对待"缘分"。可以说,如果一个人能在来去纷繁的世事中不自求烦恼,他就能获得快乐的人生。

大千世界无限精彩,诱惑着我们每一个人去不断地寻求、索取。然而,大千世界也有着许多小如意,这就注定人们期望的未必会得到,而慢慢地,人们就会领悟到人世艰难、知音难觅、爱情更不是想拥有就能拥有的。很多人在面对人生困境时,往往会自暴自弃;在面对所爱之人转身离去时,往往会万般痛苦,甚至在心田种下仇恨的种子……

我们应该以一种随缘的心态去面对生活。没有谁会一辈子一帆风顺。当生活给了你挫折的经历时,你要坦然接受,并把它当作是人生的一次学习和历练,在其中寻求积极的因素以丰富自己的阅历,锻炼自己内心的强大意志,使得自己今后能够更加从容地面对困难,更加有能力做好自己想做的事情。

魔力悄悄话

人这一辈子谁也不知道会经历什么。如果能把苦难看作人生必修的功课,以随缘的心态看得失,那么我们的心胸就会更加豁达,人生就会快乐许多。

随缘即自在

大家经常说相逢便是缘,大千世界,人海茫茫,能与我们擦肩而过的人寥寥无几,能与我们相识、相知的人更是少之又少。同样,世事与己也是缘,众生来到这个世上,从事着各种不同的工作,在每一个不同的领域都与不同的人相遇。如果人们把生命中的每一次经历都看作是缘分使然,那么在不如意的时候,大家就可能会安心于这样一段必经的过程,心胸则会更开朗,从而用积极的心态为下一段路程做好准备。

一个女孩因为学习成绩很差,在确认不适合在校读书后,被母亲接回家中。而望女成凤的母亲感到非常失望,决定亲自教她。

之后,虽然女孩也参加了几次高考,但都以失败告终。在这种情况下,母亲失望地对女孩说:"你就是一块雕不成才的朽木。"女孩闻语非常难过,决定离开家乡找寻自己的路。

几年以后,女孩回到了自己的家乡。这时,她已经出落成了一个美丽的大姑娘,而且穿着得体时尚的服装。

不久,她就把母亲接到了她所居住的城市,并请她参观了自己的服装厂。女孩现在已经是一名小有名气的服装设计师,而她请母亲参观的服装厂就是她用自己省吃俭用的钱和在朋友那里借的一些钱投资办的。因为她善于经营,服装厂的生意非常好,所以她很快还清了外债。现在,她每年的收入过百万,也算是事业有成。女孩对母亲说:"我曾经让您很失望,可是,我就是没办法让自己的学习成绩提上来,而我在外面一直很努力,就是不想让您认为我真的就是一块朽木,我也有我自己擅长的方面。虽然我没办法让自己成为学习优秀的人,但我相信总有我可以做好的领域。"母亲则激动地对女儿说:"我女儿不是朽木,而是很优秀的孩子。"

老人们常说:"事事要讲缘分。"当然,这句话不能作为我们逃避努力的借口,但是,它至少可以让我们安心于当下。有时候,不强求其实也是一种幸福。

弘一法师曾说过:"有取就有舍,而有舍就有得。懂得了取舍,也就进入了人生的另一个境界。"那些成功人士之所以能够取得成功,就是因为他们知道自己应该干什么,不该干什么。美国的励志演讲家杰克·坎菲尔和马克·汉森合作出版了一系列《心灵鸡汤》读本,它被译成几十种语言,激励了很多人。而没有几个人知道,马可·汉森原来是经营建筑业的。

马可·汉森经营建筑业失败破产后,果断地选择了放弃,退出了建筑业,决定去一个截然不同的领域发展。期间,他发现自己对公众演说很有热情,并且对这方面的知识领悟得也很快,而这也是一个赚钱比较容易的行当。于是,经过一段时间的努力后,他成了一位一流的演说家,而他的《心灵鸡汤》也登上了纽约时报的畅销书排行榜。

显然,我们不能因马克·汉森中途离开建筑业就说他是半途而废的人,相反,他的懂得放下,懂得舍弃,断然退出,为他后来赢得了更加游刃有余的生活。

在我们的生活中,常常会看到或听说一些家长为孩子的学习成绩而苦恼,仿佛只有考上大学才是孩子立足于这个社会的唯一途径,然而,事实并非如此。很多人高考失败后,走上创业之路,也为自己的人生赢得了一片辉煌的天地。"天生我材必有用""东方不亮西方亮",用智慧发现自己的所长,用随缘之心安抚易躁的情绪,终有一天,生活会带给你意想不到的惊喜。

魔力悄悄话

一个人一辈子不一定会经历怎样的困苦,但一路生活,一路坎坷后,没有谁一定可以实现自己设置的人生结局。这主要是因为人生路上有太多不可预知的事,一个意想不到的偶然事件,往往就会改变一个人的生活轨迹。

祸莫大于不知足

一朵花开只管自己的美丽,旷野、山谷、田埂或者乱石的夹缝处,它就是一朵花,你来不来,喜不喜欢,它都在那里,随一夜春风绽放,伴一场风雨凋零。如果我们也能如花开花落这般自在,这般随缘,人生将是另一种境界。

一些人常常处在一种忧虑的状态之中,即求获得,怕失去,一颗心总是在尘世中浮浮沉沉。人的欲望可以说是无限的,所以,很少有人能说得清他这辈子到底想要拥有多少东西,这就致使很多人一生都奔波在追逐的路上。

爱情中更是这样,有些人明明知道爱已不在,但就是不肯放手。还有一些家庭,丈夫或妻子整天疑神疑鬼,怕另一个人对自己不忠诚,致使夫妻争吵不断。这样一来,原本两个可以相安无事在一起过日子的人,就会因为其中的一个人产生极度患得患失的心理,致使家庭失和,甚至走向决裂。

法国拿破仑三世非常喜欢他的妻子尤琴,所以封她做了皇后。可是,拿破仑三世不管怎样做都不能让她满意——她对丈夫身边的女人嫉妒、猜疑,不给拿破仑三世一点私人空间,就连拿破仑三世因为处理公事的时间久了,她都会胡乱猜疑,甚至对他大吵大闹。其实,这主要是因为她害怕拿破仑三世背叛她,而她就是这样在自私的爱中完全丧失了作为一个女子的可爱本性。

由于在偌大的一个皇宫里拿破仑三世找不到藏身之所,所以为了躲避她,他时常会戴上遮住眼睛的软帽,在大臣的陪同下从一个侧门出去,去找另一个美丽善解人意的女人。可以说,尤琴失去拿破仑三世的爱,是必然的。而她的无端猜疑、嫉妒就是扼杀她的爱情的凶器。虽然她对他是依赖的,或者说她是深深地爱着他的,但她的爱却容不下他对自己的一点疏离,而这样患得患失的心理让她无法从容面对她的婚姻,从而致使一份爱成就了一场闹剧。哪一个男人会喜欢带给自己太大压力的女人呢?相信,没有谁会喜欢,但生活中很多夫妻却亦如他们。

其实，婚姻就像是一把握在手中的沙，你握得越紧，沙子流失得越多，到最后可能会落得两手空空。如果大家的得失心理没那么重，将一些事情看淡一些，随遇而安，相互给彼此大一些的空间，那么大家的爱情生活就可能会风调雨顺。

缘分就如天边的一朵云，有聚就有散。如果不能用平和的心态与自己所爱的人相处，不能好好地珍惜缘分，那么就只能眼睁睁地看着它飘散。无论和谁在一起，都有各自离去的时候，若能怀有一颗"随缘自在"之心，安于在一起度过每一寸光阴，享受相互给予的快乐，该是一件多么轻松的事情！

说到"随缘自在心"，应该提及一个人拥有的一份对自己的信任，而这份自信其实就来自"随缘"的心态——我要的不多，我就是我，不在乎别人用怎样的眼光看自己。一个人若拥有内在的从容和很淡的得失之心，那么，对待任何事情就不会过分地执着，就会表现出一副潇洒的模样。当然，看淡、不执着不等于不为，尽人力听天命即可。

知足常乐是一种看待事物发展的态度，而不是安于现状的自满或无所事事。一个人活在世上首先要学会知足，不知足的人永远也不会快乐。老子说："祸莫大于不知足。"人要学会适度放下，内心才会多一些安宁。

拥有一颗随缘之心，就像一朵深谷里的花，美丽和芬芳自然散发，不必在意是生长在哪里，不必在意是否有谁来过，从一夜春风绽放的那一刻开始，便以一种超然的心态迎风雨、沐阳光。

珍惜自己所有的

世界是五彩缤纷的,我们可以眼里有"色",但是内心一定要有自己所遵循的原则。欲念便是贪念。

贪欲使人惹恼不安,如被火烧,使人对自身和所贪着的对象愚痴不明,是为自害。家有豪宅,也只用一张床便可安眠。

小和尚无能,一天早饭时,见师傅和大师兄面前各自放着五个馒头,而自己却只有三个,心里很是不痛快,心想:"师傅有五个馒头没什么好说的,大师兄凭什么也跟师傅吃的一样多,这不是明摆着欺负人嘛。"

他越想越生气,于是第二天早餐时,也跟师傅说要五个馒头,师傅看了他一眼说:"五个馒头?你能吃得了那么多吗?"

他仰着头说:"能,大师兄都能,我也能!"

师傅看了看他说:"那就给你五个馒头,"于是,师傅面前三个馒头,他和大师兄每人五个馒头,很快,小和尚就把五个馒头吃掉了。

过了不久,他觉得胃里发胀,很不舒服,口又渴,于是喝了半碗水,肚子越发胀得难受,也不能正常地挑水、扫地、念经了。

这时候。师傅对小和尚说:"你平时吃三个馒头,今天一定要吃五个。虽然多吃了两个,可是,你并没有享受到那两个馒头带给你的好处,相反还给你带来痛苦。得到不一定就是享受,不要总是和别人去比,不贪、不求,知足常乐。"

小和尚点点头说:"师傅,我知道了,以后我还是吃三个馒头。"

人往往会被贪念所累,总是喜欢和别人攀比,而不顾自身的实际需求。在现代社会中,很多人爱慕虚荣,吃喝穿戴都要跟别人比。

可惜自己是辛苦挣小钱的劳工,即便没日没夜地干,依旧无法满足自己的欲望,致使婚姻出现不断争吵,甚至使两个人的感情走向破裂。

釋然——得失之间观天下

很多人都渴望幸福，追寻幸福，却无法感知幸福。其实，我们缺少的就是一颗平常之心、一颗随缘之心。

虽然说"有缘则聚，无缘则散"，可是往往一些人不知道珍惜缘分，不懂得珍惜身边的幸福，总以为会有更好地在等待着自己。其实，幸福就在眼前，只是人们无法用心地去感知而已。一个"贪"念，害了身边的亲人，也害了自己。

一切随缘　顺其自然

世间万物皆有道,不论什么,最终都是会殊途同归的。既然如此,世间也就没有那么多的烦恼可言。一切都顺其自然,面对任何事情都保持一个平和的心态,结局反而有可能会是最好的。

我国著名的国画大师潘天寿的成名,和弘一法师还有一定的渊源——潘天寿是弘一法师的一名俗家弟子。当时,潘天寿因为在绘画方面的一些问题而对尘世心生厌倦,所以有一天,他特意来到杭州烟霞寺拜见弘一法师。在和法师的交谈中,潘天寿流露出了想要出家的想法。弘一法师问潘天寿:"你为何会想要出家?"

潘天寿回答:"世间万物太过纷杂,尔虞我诈远不如佛门清静。"

弘一法师听完他的话语,沉默良久,缓缓开口道:"你认为佛门乃清静之所,只是因为你没有置身其中。如若你尘缘未了,那么在佛门之中同样会生出很多烦恼。"

潘天寿听完大师的话之后,思考了良久,最终打消了皈依佛门的念头。后来,潘天寿通过自己的努力最终成了一代国画大师。

在对方没有考虑清楚之前,弘一法师是不会轻易答应让对方皈依佛门的。设想一下,如果弘一法师当初答应了潘天寿的请求,为他剃度,或许在烟霞寺里只徒增了一个会念经的和尚,而在尘世之中就少了一位国画大师。

在如今的社会中,人们的生活里总是夹杂着太多的欲望和杂质。人们总是过于在意自己的感受,习惯按照自己的意愿去做事,一意孤行地想要改变一些根本就没有办法改变的事情,从来不考虑客观环境的限制,结果常常是在现实中撞得头破血流,最后徒增了一身的烦恼。而如果让一切事情顺其自然的发展,相信结果肯定就会是另外一番模样。

初秋，寺院的草地上一片枯黄，这样的景象使得原本就冷清的寺院更显荒凉。小和尚看在眼里，急在心里。终于有一天，小和尚忍不住对老和尚说："师父，咱们还是买点草籽撒上吧，现在的草地实在是太难看了。"

老和尚看了看小和尚，说："等什么时候有空了，我去买些草籽回来。草籽什么时候都能够撒，急什么呢？"

小和尚在心里直犯嘀咕："现在的草地这么难看，怎么办？"但是，他怕师父怪他，只得点点头，出了师父的禅房。

小和尚日盼夜盼，终于老和尚在中秋节的时候把草籽买了回来。他交给小和尚说："去吧，把草籽撒到地上。"

小和尚拿着草籽兴冲冲地来到草地上，但是就在小和尚撒得正起劲儿的时候，突然就起风了，风把很多草籽都吹跑了。小和尚赶紧去找老和尚："师父师父，不好了，很多草籽都被风吹跑了！"

老和尚说："没关系，被风吹跑的草籽多半是空的，即便是撒到地上也不会发芽，担心什么呢？随性！"

小和尚把草籽撒完之后，引来了很多饥饿的鸟儿，它们专门捡颗粒饱满的草籽吃。小和尚见了，惊慌失措地跑到老和尚的禅房："师父师父，不好了，草籽都被小鸟吃光了，明年这里就没有小草了，这可怎么办呢？"

老和尚看看小和尚，缓缓地说："放心吧，草籽那么多，小鸟是吃不完的。明年这里肯定会长出嫩绿的小草的。"

夜里，一场大雨袭来，小和尚听着外面的雨声，想着外面的草籽肯定都被雨水冲走了。一整夜，小和尚怎么也没有办法入睡。第二天一大早，他就急急忙忙地跑出了禅房，地上果然没有了草籽的影子。草籽都不见了，这可怎么办呀？于是，他又急急忙忙地跑到老和尚的禅房："师父师父，不好了，昨晚的那场大雨把草籽全都冲跑了，这可怎么办呀？"

老和尚听完小和尚的话语，不慌不忙地说："不用着急，草籽被冲到哪里，明年就会在哪里发芽，到时候一样是有小草的，何必执着于那一隅草地呢？随缘！"

过了不久，寺庙里有许许多多青翠的草苗破土而出，很多原本没有撒草籽的角落，居然也生出了些许的翠绿。小和尚看到这样的景象顿时欣喜若狂，他又跑到老和尚的禅房："师父师父，太好了，草籽都发芽了，很多没有撒过草籽的地方，也长出了小草！"

老和尚听完，点点头说："随喜！"

　　不得不说,老和尚是一位真正懂得人生乐趣的人,不论面对任何事情都能够让其顺其自然,凡事不强求,有时反倒会有一番意外的收获。在现实生活中,很多事情都是有它们自己的发展规律的,遵守事物的发展规律,顺其自然,一切都会顺利地发展。反之,如果人们违背事物的发展规律,那么做起事情来就会十分不顺。

　　在现实生活中,很多人为了追求所谓的完美,做任何事都绞尽脑汁,殚精竭虑地想一些违背事物发展的方法。每当遇到重大事情的时候,则更是会寝食难安。其实,很多时候,我们在现实生活中遇到的那些坎儿,与其绞尽脑汁,百般思索,还不如顺其自然,按照事物本身的发展规律来走,或许只有这样才能够柳暗花明又一村。

活在当下

人们时常固执地沉浸于过去,深陷于过去的伤痛中难以自拔,抑或流连于过往的回忆中不愿舍弃;亦时常执着地挣扎于未知的事物当中。并不知晓,过去的事物早已消逝,即使万分遗憾或不舍,都是无法再来一遍的;而对于未来的事物,凡人即便有十分的把握,但命运始终无常,瞬息万变的人生中,谁又能预知过去、改变未来?

"落花风雨更伤春,不如怜取眼前人。"人生于世,能够把握的,唯有当前所拥有的事物,虽这是最容易珍惜的,但也是最容易被忽略的一种幸福。人们往往向往与追求渺远的幸福,却忘记眼前伸手可及的快乐。

有一位刚入寺庙的小和尚,悟性非常高,但他的不足之处是性格急躁,对于山里晨钟暮鼓的生活,他很快便觉得没兴趣,于是整日无精打采。

小和尚告诉自己的师父,自己想成为一代禅师,可惜日子走得太慢,现今的他已然觉得庙里已经没有什么知识可以学习的了,于是生活得没有任何目标,自然也就没有什么幸福可言。他向往的是被众人仰望的地位与生活,因而他非常羡慕自己的师父,能够得到千人敬仰。师父听完他的诉说后,并没有批评小和尚,甚至还乐呵呵地带着小和尚来到禅院的后花园。此时正值春天,花园里姹紫嫣红,遍地灿烂,令人赏心悦目,使得小和尚忘记了原本的忧愁。

师父指了指天上浮动的白云,对着小和尚说:"快看,那朵飘在天际的云,是多么可爱呀。"小和尚抬起头看了看,毕竟他有着孩童的心,于是思绪立刻就被抓住了,他笑了笑,手舞足蹈地说:"好似一条白色的鱼儿呢。"

接着,师父拍了拍小和尚的小脑瓜,说:"看看,那盆白玉兰开得也是十分素洁美丽呀。"小和尚的心,又到了这朵白玉兰的身上,他欣喜地观赏着。过了好一会儿,师父突然问小和尚:"刚才的那朵鱼儿云呢?"

小和尚仰头找寻着,可是云已飘逝,不见踪影了。

几个月过后,师父再次把小和尚唤过来,笑着问他:"去看看,那天花园里面的白玉兰怎样了?"

小和尚跑到花园一看,玉兰早已凋零,只剩下枯枝败叶,在寒风中瑟瑟发抖。

此时,师父不知不觉已经站在了他的身后,轻轻地说了句:"都是过眼云烟啊。"

小和尚终于明白师父的良苦用心,若有所思,感悟地点了点头。

有时,我们并不知手中拥有的事物有多么珍贵,自然不会珍惜,待到时间过去,现在已变成过往时,人们便又会后悔莫及。人若想要返璞归真,必须首先要忘掉过往与将来,安然地接受当前的生命,不问开始,不念往后。因为,人生最珍贵的时刻,便是当下所拥有的。唯有珍惜现今手里所握住的,才可谓是一种幸福。佛曰:不分别过去,不执着未来,不戏论现在。安在当下,乐在当下,顺其自然便可乐享一生。

平生若是修得随缘性,即便只有粗茶淡饭,也可得到满足。俗世的财色名利兴许能给我们带来一时之乐,但这之后的虚空也会让人销魂落寞。若能看破过去,放下未来,便能顺其自然地珍惜当下已经拥有的一切与略有瑕疵但却不断进步的自我。如此这般享受现今的时光,便是最大之幸福。

人唯有以一颗平常心,静观世间风云,豁达处世,始终珍惜当下,方能感悟生活,得其真谛。

随性而往　人间处处是净土

生活中，人们应当顺其自然，不盲目地欣羡别人，不无由地哀怜自己，不留恋过去，不幻想未来。若能洗净内心的所有污浊，从而随性而往，人间便处处都是净土。对于世俗中烦恼处，人要耐得下；世事纷扰处，要闲得下；胸怀牵缠处，要割得下；意气愤怒处，要降得下。愚痴生嗔怒，皆因理不通，休添心上火，只作耳边风。

人生最美好的过程，不是能遇到多少人，见过多美的风景，而是走着走着，在一个未知的际遇下，突然重新认识了自己。在随性而往的行走里，为的不是逃避，不是艳遇，不是放松心情，更不是炫耀，而是洗一洗身体和灵魂，给自己换一种新的眼光，甚至一种生活方式，给生命多增加一种可能性的新枝。

从前古巷里住了一家信奉佛教的人。这家主人每日叫自己的小儿子穿过长长的古巷，到十里外的禅院给一位名叫一灯的禅师送去十只煎饼。每次，小儿子走得气喘吁吁地到达后，禅师总是笑着摸摸他的头，还给他一个煎饼，对他说："我送你一只煎饼，将来对你大有裨益。"

少不更事的小儿子从来就不理解这句话。日久天长，渐渐长大的他产生了疑问。终于有一次，他忍不住回话道："一灯大师，明明是我给你的煎饼，为何你要还我呢？"

一灯大师笑了笑："是你拿来的，还给你有错吗？"小儿子想想也有道理，悟性甚高的他知道里头大有玄机，于是不准备回去了，留在禅院，请求一灯大师为其剃度。

出家以后，小儿子询问一灯大师何谓佛法。

一灯大师微笑着说："这几年，我一直都在传授你心法要诀呢。"

小儿子诧异地问："这也是我长久以来未能弄懂的道理，还请师父指点一二。"

一灯大师意味深长地说："你来的时候，若是给我端茶，我便接着，若是给我送饼，我也接受。你若向我致意，我也为你点头。能领会的话，当下即明白，否则南辕北辙啊。"

小儿子低下了头，没有说话。不久之后，又问："如何保持？"

一灯大师回答："随缘放旷，任性逍遥，平凡而已。"

有时候，禁锢我们的，不是环境设下的牢笼，也不是他人施予的压力，而是我们自己：看不开尘缘聚散，看不开诸事成败，把自己局限在狭隘的空间里；忘不了过往的爱恨情仇，忘不了繁杂的是非恩怨，把自己尘封在暗黑的记忆里；放不下身外千般烦忧，放不下心头万般纠结，结果，在无端中迷失了自我。要把心里的空间留出来，不要让怨气塞得满满当当；牢骚满腹容易气粗肠断，怒气冲天就会心痛肝伤。

愚者，把自己当观众，总在别人故事里旅行，成为生命的匆匆过客；弱者，把自己当配角，认为自己微乎其微，生活在别人的阴影里；强者，把自己当主角，努力演出，演绎出人生精彩篇章；智者，把自己当编导，人生态势由自己操控，人生故事由自己编排，纵情山水，放浪形骸。河水慢慢流，白云轻轻飘，身心体自在，何处不悠然。吾心需恬淡，万事皆随缘，闲鸟空中过，不执不留痕。

当一个人说累的时候，或许是心累了，或许是人累了，便很想去安静，试着除去一天的浮躁，找一块安静的净土，给心灵暂且放一个假，来静静地聆听一些净化心灵的语录。你生命的前半辈子或许属于别人，活在别人的认为里。那把后半辈子还给自己，去追随内在的声音吧！

一颗躁动的心，无论幽居还是隐藏，都无法安静下来。人的心不应是招摇的枝条，而应是静默的根系，深藏在地下，不为尘世的一切所蛊惑，只追求自身的简单和丰富。唯有旅行中，颗心慢慢沉静下来。浮躁世界红尘滚滚，唯愿内心清风朗月。

随缘自适

世间之事,不如意者常八九,凡事不可能称心如意,总会有无法预料的坎坷挫折,纷至沓来的烦恼忧愁时刻缠绕。而随缘自适,烦恼则去。"有缘无缘去,一任清风送白云。"看开,让得失随缘。得之,并不大喜;失之,也不大悲。一切随它去。

古时候,有两位相交甚好的友人一同外出郊游,不久便觉肚饿,于是步至附近茶楼进餐。正当两人坐定之时,一个衣衫褴褛、浑身爬满虱子的乞丐拖着病腿,一瘸一拐地上来,向两人讨口饭吃。

友人甲指着乞丐对友人乙说,你看,这人全身污垢,脏兮兮的,正是这藏污纳垢之处,养出了如此多的虱子呀。

友人乙摇摇头,表示不同意甲的看法,他仔细地瞧了瞧乞丐的衣服。扯起了一些破烂的棉絮,高兴地说,你想错了,虱子并不是从脏处生出来的,污垢怎么能养虱子呢,明明就是从棉絮中繁殖出来的嘛。

友人甲并不赞成乙的见解,于是两人吵得面红耳赤,不可开交,最后饭也不吃,决定去找两人相识的一位智者,请他做个决断。

智者见了怒气冲冲的两人,便询问事情的来龙去脉。等了解清楚后,两位友人信心满满地等待着智者的答案,认为自己肯定是对的,还打赌说,谁输了请上一顿宴席。

智者哈哈大笑,接着说:"虱子之头乃从污垢中生出,其尾则从棉絮中长出来,你们两人皆不对,都得豁出一顿宴席,请我大快朵颐。"听了智者的回答,两位友人面面相觑,却又无法反驳。

智者接着说,世间之人以为是此样则不能为彼样,其实物我并不冲突。好比花草树木的生长,要接受风雨,也要接受雨露,荣也好,枯亦罢,一切随缘随性,方能物我合一。两位又何必执着呢?

两个友人听罢,心悦诚服,乖乖地为智者赔上宴席。

缘,从来就令人难以猜透。

伯牙欲取鸣琴弹,恨无知音赏,谁知一遇子期,则高山流水皆能应和。大千世界,你不知何时何地会遇上何人,但万事随缘,快乐随心,不违天时,不夺物性。我们不能主宰缘分的来临,却可以改变对待得失的心境。"一切荣枯本天地,得偷闲处且高歌;若能一切随他去,便是人间自在人。"自由自在之道,就潜藏在随缘之中。

佛曰:来去随缘,去留无意。得失随缘,随遇而安。心能随缘,境由心生。无分无执,故得自在。事事不能尽如人意,但随缘也是一种进取。境由心造,保持一颗达观的心,你就能随缘快乐,拈花一笑心自静。

专求无念,终不可无,前念不滞,后念不迎,随缘打发得去,自然渐渐入无而已。现今之人想要做到心无杂念,可是始终不能遂意。只有抛弃以往的旧念,不去忧虑未来,"得失随缘,心无增减",方能自适。

韶华不待　随缘尽欢

《浣溪沙》里写道："菡萏香销翠叶残,西风愁起绿波间,还与韶光共憔悴,不堪看。"韶华易逝,如池塘中的清莲,不胜娇羞的枝叶,在风中微微致意的花朵,等到秋目来临,便一一颓败,只剩绿肥红瘦,只留赏者空叹,不堪看取。

人生也有四季。春夏秋冬几十载,我们也会来到人生的另一个秋天。突然有一天,我们发现,白发已经悄悄爬上头顶,皱纹也在不经意间成了形影不离的好友。时光,是那样匆匆,那样令人无法抗拒。

如果不在应当开放的季节里绽放自己的美丽,那么,在往后的岁月,我们能给人展示的,就只有残枝枯叶,在垂垂老矣的日子,也没有值得回忆的事情,来温暖余下的半生。

既然韶华不待,何必强留,自争苦吃?

一天,师父将禅院里所有的弟子叫来,之前,师父早已经告诉大家,他要通过一次公开的询问,根据每个人给出的答案,来决定把自己的位子传给哪位弟子。

等到所有弟子坐到了一起,师父问:"禅的道理在哪儿?"

大家沉默了一会儿,都低着头在思考。风轻轻地吹拂着禅院,树叶点着头,发出沙沙的声音。

一位弟子站出来说:"我想,不必像风吹拂树叶,树叶就要发出声音一样,禅的大道不在于是否著书立说,也不在于四处游说。"

师父笑了笑说:"你的想法,已经到达我所想的表面。"

另一位弟子站起来说道:"其实,风只要见过叶子一面,便不用再次刻意相见,禅道之用也是在此。"

师父点了点头,说:"你的看法,已经到了禅法的血肉。"

接着,一位年龄稍长的大弟子躬身站了起来,谦虚地对着师父说道,"我以为,四季变换正如人世轮回,世间所相,不过是一时之虚幻,风之所以在此刻会遇上叶子,是万万不可预料的。世间之事不过因缘巧合,并没有什么是必定和一成不变的,我认为,禅之用,没有哪怕一节章法可循。”

师父赞许地看了看大弟子,说,“你的见解已经到了禅法的骨子了。”

最后,师父将目光投向平时一直看中的一位徒弟,他年龄虽不是最大,却常常能提出特别的看法。

这位徒弟听了众位弟子的发言,并没有出声。所以等到弟子们一个接一个地发表完看法以后。他已经是最后一个了。

师父于是问他:“你呢,你有什么看法?”

这位徒弟站了出来,向师父鞠了鞠躬,就回到了弟子群中,还是一言未发。

这回,师父终于露出了满意的笑容:“很好,你的看法,已经到了禅理的骨髓里面了。”

这位徒弟,最终继承了师傅的衣钵,成了远近闻名的一位禅师。

只要从心随缘便好。

管它是风招惹叶子,还是叶子找上风,还是无心的相逢,有缘则聚,无缘则散,原来是怎样,就按照原来的轨迹过生活,随心所欲,随心所动,方能得到生活的乐趣,否则盲目求索,得不到,只会让自己愈加执着。要知道心本来就没有一个固定的去处,随遇而安便好。

心本来就是无所束缚的,所有的悲伤不快,都是自己加上去的负担,因此,世人总是没有办法找到心,却有办法找到令自己不高兴的事情。晓得这个道理,我们就不必为了生活的坎坷和岁月的流逝而耿耿于怀。放宽身心,才能尽情享乐,感受到世界的美好。

“一日无二晨,时间不重临”。咿呀学语的日子仿佛还在昨日,指点江山,挥斥方遒的日子仿佛还在昨日,与恋人相拥走在林间路上仿佛还在昨日,弹指一瞬,今日人却已经白发苍苍。韶华是那样无情,它总是无声无息地行走着,不管你是贫穷,还是富有,是美丽,还是丑陋,它都不愿意因此多眷顾你。韶华从来不等待,但心却要有所待,随缘便是待。

缘不能勉强,可遇不可求。顺应时光之轮,跟着人生的脚步,我们可以尽情地享受生活的美好。要尽欢,其实道理很简单:听从心的声音,让自己跟着快乐走。活得单纯点,让心安定点,快乐就来得容易些,这是最自由不过的生存方式了。

　　禅者悟道，如果不能舍弃浮躁的心，摒弃尘俗一切杂念，内心不自净，则不能默然安定。相反，假如以随缘的平常心去看待自己所要完成的事情，便可以看透悲欢，不为外界所动，得到从心而欲的快乐。

　　韶华不待，但心有所待，一切随缘，平静则能愉快。真正的快乐往往源于内心，想要尽情地感受乐趣，想要腾空心房，才会有空间接纳快乐，接纳幸福。

放心自由　解放己身

现今之人,之所以不能放心自由,一个原因是,因为放不下执着的妄念。我们总是执着于外在的"无",而看不到自己手中的"有"。为了让遥不可及的"无"到手,我们不惜整日左思右虑,想尽办法,去企图得到海市蜃楼般的梦。当岁月一日日地流逝,你终于明白了这不过是妄想,而手中的"有"早已经一去不复返。因此,将自己从贪欲中解放出来,才能得到当下的快乐。

一位苦苦修行的信徒,翻越万水千山,找到传说中智慧超群的禅师。他从青年的朝气蓬勃,走到微微驼背,终于在一个黄昏,山林的归鸟发出最后一声叫喊的时候来到了禅师居住的地方。

从他满脸的忧郁就可以读出,他有一大堆的烦恼和不解要对禅师倾诉。

禅师看了信徒背上的一个大大的行囊,问:"里面装的是什么?"

信徒把重重的行囊放下来,抱着说:"这里面都是我的回忆,它们对我来说不能再重要了。每一次遭受挫折后的痛苦,受人鄙视的伤痛,被人拒绝的酸楚,失去亲人后的眼泪……我的辛酸,全部都装在里面。这些回忆,支撑着我到了这里。"

禅师微微地笑了,他对信徒说:"跟我来吧。"

信徒背起重重的行囊,跟着禅师走到了他的住处,一路走到了一座小桥面前。这座小桥看起来有一些岁月了,上面的木板早已斑驳,由于人烟迹至,桥的扶手上结满了蜘蛛丝,在风中发出"吱呀吱呀"的声音,显露出弱不禁风的样子。禅师说:"我们一起到对面去。"

听了禅师的话,信徒小心翼翼地和他一起,开始过这座摇摇晃晃的小桥。每走过一块木板,禅师就吩咐信徒将它拿起,直至把它们全部搬到了对面。信徒来来回回忙碌了一阵,才最终把木板运输到了对面。

禅师说:"现在,你可以走了,不过,请带上这些木板。"

信徒瞪大了眼睛,堆成小山似的木板,他能够拿走吗?

禅师笑了,说:"是的,你不能带走。正如你包裹里的伤痛,你是永远无法带走的。当你过桥的时候,你需要这些木板,把你渡到对面去,但当你到达了目的地,你就要学会舍弃,学会放下,正如你身后的对面,现在,你是回不去的了,只有大胆往前,放下过去,才能收获未来,轻装上路。"

信徒恍然大悟地点了点头,他放下了沉重的包裹,再三谢过禅师后,上路了,这一路,果然比来时自在多了。原来,人可以活得如此轻松。

凡事挂在心上,没有办法解脱的人是痛苦的。因为,这样的人往往放不下过去,被过去的回忆紧紧纠缠。不仅在当时人们痛苦了一回,而且在每次回忆当初情形的时候,人们也会无休无止地被悲伤碾过。沉迷于过去的人,无法看清现在和未来。既然无法看清,则无法参破,不得自由,自己为心造了一座牢不可破的监狱。正如翅膀上挂着沉甸甸的包袱便不能起飞,心上负载了太多沉重的人,又怎么能够自在地遨游天际?

人生的烦恼,在于人们自己的取舍。如果不懂得适时放弃,不勇敢地舍得,我们在路上将会走得越来越沉重。如此背负着沉重的包袱,原本轻松的脚步变得缓慢。"智者无为,愚人自缚",人们常常给自己的心灵套上枷锁,不懂得放下也是种智慧,是种洒脱。只有学会放下,我们才能轻松上路,收获心灵的纯净,收获路上最美的风景。

从来没有谁捆绑谁,捆绑我们的永远只有我们自己。敞开心胸,学会用包容及淡然的眼光看待所处的事物。我们的生活,又何尝会是伤痛及苦难的深渊,又何尝不会拥有简单且快乐的幸福?

人,要知足常乐。学会淡然,学会放下,学会释然。笑着去面对世间万物,做到悠然、自得、随意、随性、随缘。从心所欲,忘怀得失,豁达才能参禅,洒脱方能自由,给内心放个假吧,唯有解放了自己,才能解放世界。

人生无须太执着

人生一辈子，最惬意的事情，就是找一个安安静静的地方，支一张小藤椅，三杯两盏淡酒，宠辱不惊，看庭前花开花落，去留不必有意，笑望天空云卷云舒。

天上浮云飘掠，伸手未可触碰，只能观那云朵形状，随悲随喜，不随云，只随心。世间万事，也如过眼云烟，执着也留不住云彩，倒不如放了手，一切随缘，看那云朵如何纷呈，如何变幻。

我们常常因为有所得，就放声大笑；因为有所失，就痛哭流涕，再怎么喜极悲绝，往事已如风，过往的无可再变，未知的，忧愁也不可预测，不若放了手，一切随风去。

人生的旅途，无须太多执着，就像旅行中不要带上太多行李，轻装上阵才能体会无事一身轻的从容。让凡事如天边流云飘过，放下不必要的负担，如此才能不被压倒，于风起时抬头看天空湛蓝无边际。

但世人难得明白其中真理，却依旧深陷其中，迷途不知返。如若我们能够放下迷惑，不再执着，让双眼明亮，让心境释然，拨开迷雾，走出心念的困境，即能悟得菩提。

心中菩提的来去也不由人，不可预见，亦无迹可寻。内心的这份清净总在不期然时而至，又在急于抓住时，转眼而逝。因为要学会放下执念，让一切随风而去，飘散在云端。

陶渊明视名利如浮云，弃官归隐，纵使箪瓢屡空，粗布为衣服，也能自得其乐泰然处之。不戚戚于贫家，不汲汲于富贵，忘怀得失，于贫困之中得逍遥。

为人处世，就如同播种，其间总有各种风风雨雨，倘若每一次都心惊胆战，想着法儿极力想要挽回，可能还不如让一切随缘而去。

如果心中还是看得太重，就会觉得难以舍弃，还是需要学会放下执着。

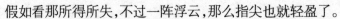

假如看那所得所失，不过一阵浮云，那么指尖也就轻盈了。

大雁飞过，在河面留下影子，很快就会消失不见；浮云飘散，在天空划下一道痕迹，不久也会烟消云散。

事来则心始见，事去则心遂空，不要小心眼儿，我们带着一颗平常心，舍弃不必要的悲痛，才能洗涤心灵，清澈自身。

人生在世，未免会把房啊、车啊、钱啊，看得太重，重到我们肩上背着好大的包袱，重到我们寸步难行。

实际上，世间一切，你看它是什么，它就是什么。假若我们真心放下，视钱财名利如浮云的话，那么它的来去，也就少了一份惊心动魄，多了一份悠然自得。

得与失，只在一念之间。

功名利禄都是身外之物，带不来，携不去，有如天上浮云，终究要随风而逝。当荣辱得失如过眼云烟，不在心间划痕，便可得灿烂人间四月天。

有舍才有得

有个小女孩，第一次走到海边，那片银白沙滩让她欢呼雀跃，小手儿抓住一把细沙，但是沙子不听话，总从指缝间流走，她不由得握紧了手，想要抓住不停下落的流沙，但发现，手握得越紧，细沙就落下得越快。

还有个聪明的小男孩，被街角商店的糖果吸引。他就痴痴地站在糖果面前看着，老板觉得小男孩可爱，就叫他抓一把糖果。小男孩却摇了摇头，老板以为小男孩害羞，就自己帮他抓了一把，小男孩拿着糖果，高兴地走开了，他自己不拿糖果，是因为自己的手小，而老板的手大，让老板为自己拿糖果，不是可以得到更多吗？

我们有时候，会像放不开的小女孩一般，总是紧握手中所有，以为抓得紧，才能留住幸福。但是最终却和小女孩一样，发现幸福如流沙，越是着急，越是留不住那指缝间流逝的美丽时光。如此，不如学学睿智的小男孩吧，如果手太小，就暂且舍弃，会有一只更宽厚的大掌，给予我们更多的甜蜜。

时光匆匆，过去总有来不及倒转的悔憾，被光阴掩埋，让人唏嘘不已。但反过来看，也正是曾经的悔憾，才让今天的人生，学会了珍惜。亲身经历过被舍弃的苦痛，才能收获当下拥有的美好，不再计较过程中的各种，大步迈向明天。

生命的美好，在于无论善恶得失，我们都能从中有所学、有所长。而不能解脱的，还是对欲念的执着。要懂得我们要去往的既不是快乐，也不是苦痛，而是内心的安宁。只有保有内心的安宁，才能放下对得失的计较，明白舍与得之间，其实不是正反对立，而是相生相依。

得失相随，苦乐相伴。万物的转变，瞬息而至，于肉眼难以分辨。于是我们需要学会舍与得，有得到就会有失去，有失去就会遇见下一次地得到。要明白适当地放弃，能更好地得到。

从前有位居士，有件令他很苦恼的事情，就是他的夫人真的是太吝啬了，吝啬到不但对慈善事业毫不关心，就连自己的亲戚朋友遇到困难，夫人也是坐视不理。

居士便求教禅师，让禅师帮着劝解夫人。

禅师应邀来到居士家中。居士的夫人果然如传言一般吝啬抠门，连递给禅师的水都是白开水，连一片茶叶都不肯放。

禅师没有计较，只是双手握拳，端起夫人递过来的白开水。

居士的夫人觉得禅师这样很是滑稽，就笑了起来。

禅师便问："你笑什么呢？"

居士的夫人就如实相问："大师，你的手是不是有毛病啊？为什么总是握紧拳头啊？"

禅师反问道："握着拳头不好吗？"

居士的夫人疑惑地说："那可真难看。日子长了，会变成畸形的。"

禅师便顺着居士夫人的话说道："我的手，若总是握着，便是畸形了。夫人您处理家中钱财，若是只会收，不会放，日子长了，就好像一直握紧的拳头一样，也是畸形的呀。"

居士的夫人听了一阵脸红，明白禅师是在暗喻她吝啬抠门，虽然觉得禅师的话也有一定的道理，但是心里还是不服气，于是灵机一动，给禅师出了一道难题。

她抱来自己家里养着的小猴子，对禅师说道："大师啊，你看我家的小猴子多可爱，跟人长得差不多呢。"

禅师笑着说道："这猴子虽然模样像人，却多了一身猴毛。如果可以舍弃一身毛发的话，可能还可以勉强做人。"

居士夫人说："大师您法力无边，不如就帮我把这只猴子度化成人吧！"

猴子变成人，一听就是无稽之谈。但是禅师并没有被难倒，而是点头说道："我尽力一试吧！不过能不能成功，还要看这只猴子能不能舍得。"

禅师走到小猴子身边，刚刚拔下一根猴毛，小猴子就唠唠大叫，跑出了房间。

禅师对居士夫人说道："不是我不愿意度化它，而是你看那猴子，一毛不拔，又怎么可以成人呢？"

居士夫人听了禅师的解释之后，对禅师的智慧表示衷心的佩服，从此以后懂得了大方持家，得到了亲人的广泛喜欢。

是呀,从身上拔下毛发当然痛苦,可是如果没有小舍,又怎么可能有大得呢?

常言道,不入虎穴焉得虎子。要想有收获,总得先付出。要想看到最美的日出,只有起早登上高山之巅;要想感受最壮观的大海,只有去风浪中搏击。

人生在世,有舍才有得。有时候看似放跑了一些机会,也正是因为放下了,才有更宽敞的光明大道,让我们一路更多欢笑。

舍弃,而后无挂碍,而后无牵绊,而后无界限,而后无畏惧,而后无往不胜。舍弃是全部智慧。

随缘不变　不变随缘

自古以来,随缘都是诸位求禅之人一直所要追求的东西。

随遇而安,不被身旁的羁绊所绊倒,纵三千里河山,亦四十年蓬莱,青丝染霜,镜鸾沉彩,都不会为之改变。

不悲,不喜,不因为境遇的变化而欢喜,即使身陷囹圄,也要心怀怜悯天下苍生的善良之心。

随缘,随遇,随的只是人生际遇,不变的是那片从容的心境。

随缘可以是一种智者的进取,也可变成愚人的借口;不变是一份参透的达观,亦可是一种随流的跟随。

在面对生活时,我们更需要一种顺其自然的释然,放下焦躁与强求,学会练达与洒脱。

宋朝有位惟则禅师,家住长安,但是他年轻的时候就遁入空门,去了浙江天台山翠屏岩独自修行。

他给自己的道场取名佛窟庵,寓意遁入空门就好像进入一个洞窟一样。他在山里一待便是40年。

他用落叶盖屋顶,用草编织成一个简易的草庐,以山间的清泉解渴,以山间的野果野菜充饥,过着苦行僧一样的生活。

一日,一个樵夫上山砍柴,一时迷路,误入了老禅师的佛窟庵。他见到年迈的老禅师,很奇怪一位老人家怎么会住在这深山老林里,便上前好奇地问老禅师:“山中危险,老禅师在这里住了多久了?”

惟则禅师回答道:“不经意间,已经40个春秋。”

樵夫好奇地问道:“就老禅师一个人住在这山里,不辛苦吗?”

佛窟庵惟则禅师点头道:“丛林深山,一个人在此都已嫌多,还要多人何为?”

樵夫接着问道:“40年了,禅师不会觉得生活枯燥吗?”

禅师摇摇头说："我有这山与我相伴,我有这泉水与我相伴,花草树木,虫鸟鱼蝶都可以是朋友,四十年来,它们都未曾离开过我,我也未曾离开过它们,随缘不变,不变随缘。"

樵夫非常感动,于是拜在禅师门下,向禅师学习。

禅师便和樵夫讨论佛学的修为——人生到底应该追求随遇而安,还是追求不断进取。

惟则禅师说："你看着山中的景象,我在这山中住了40年,我没有变化,山就没有变化,我有什么变化,山也随之改变,我要修饰我的草庐,山就会因为我改变,而40年来我和这山融为一体,也就没有了变化。"

樵夫听完就下山去了。

从此慕道者纷纷而来,翠屏岩一时人声鼎沸,大家纷纷来向禅师学道,成为佛窟庵的禅派。

然而,禅师又对樵夫说："如今,我的佛窟变成佛学圣地,然而我的心没有变,因此,这大山还是大山,这草庐还是草庐。"

惟则禅师在山中修禅一住就是40年,40年和一瞬间在惟则禅师的心中几乎没有变化,因为他的心境没有改变。

禅者在悟道过程之中,所悟的是没有距离的差距,没有人我的分别,没有动静的不同,没有今天和明天的差异。

人生亦是如此,有一颗慈悲之心,即使坐观云卷云舒,身上被朝露打湿,心也不会着凉;反之,怀着一颗狡诈之心,即使荣华富贵,身着华服,心里仍然是空无一物。

一滴水,可以幻化为一个浩瀚的宇宙;一个宇宙,可以被容纳进一滴小小的水滴之中。时空本身,并没有界限。有的是心境的变化,40年和一瞬间,可能只是两个心境的提升,变是永远的,一切限制,都是我们的感知创造的。

随缘不变,不变随缘,更多时候是一种对于际遇的心态。不以物喜,不以己悲。

在感官世界中,一切都显得似乎很真实。然而,真正不变的又是什么呢?

坐地日行三千里,不变的是你心的位置,变得是你脚下的位置。

一眼千年,是诗人眼中变化万千的世界。

释然——得失之间观天下

一眼千年,是禅师千年不变的世界。
千年景象的变与不变,取决于心态的博弈。
拥有宽容的美德,我们将一生收获笑容。

如果我们对这个世界充满了怨恨,那么这个世界怎能给予我们幸福!不要给自己的冷漠找任何理由,不管多么艰难,也应该坚持自己的善良;不管多么孤独,也要坚守那份高尚的人格。

一切随它去

佛家常说："入空,入定,方能让境缘抓不到你的心,让往事随缘化解。"

很多一时没有头绪的事情,不妨把它摆在一边,暂且不管它! 一觉醒来,也许自然已经有了化解之道。

人生无处不费神,但是若能一切随它去,岂不是人间自在人?

上帝关上了一扇门,必然会为你打开一扇窗。你失去了一样东西,必然会在其他地方收获另一种馈赠。关键是,你是否有一个乐观的心态,去面对的是相信有失必有得。

放得下,才能空出手来拿起,因为失去可能是一种生活的福音,它预示着你的另一种获得。

大舍大得,小舍小得,不舍不得。

佛常叫人"忍"。

克制自我认识、自我见解的执着,忍这世间所不平之事,把这些世间不平之事抛之脑后。

任何固执于境遇这类心理才会产生有无尊严、是否受到侮辱等感受,其实都是无明妄想的隐藏而已,都属于执着。执着于我的种种见、种种想,就会产生烦恼痛苦而不得解脱。

随它去,一切随它去,是一种感悟,是一种境界。

然而仅仅对于自己来说,不是说不在乎世间一切善恶行为的判断和对应。

如果对方的不理智行为是针对他人或有碍社会团结稳定,那么在佛法中还有"若见厄难、恐怖危逼,随己堪任,施与无畏"的话,因此并不是让我们什么都不管,只为自己而活。

抛了闲愁,抛了过去,自然是万法皆然,心中有道。

记住,忍辱和放下执着,不是逃避,不是退缩,不是什么都不管什么都不做,而是理解对方的错误之处不生愤怒和轻慢,而后以正确的思维和方法帮助对方解除烦恼。

很多事情来临,既然我们不能改变,又何必执着?

能不能清醒处之,既然取决于定力,又何必在心?

若能不见,遇不见,等不见,望不见。便释怀这场奈何禅。但将无怨,作无缘。一切行、一切想都随他去,放下自我,就是世间自在人。

放下才会有所得

孟子曰:"生,亦我所欲也,义,亦我所欲也,二者不可得兼,舍生而取义者也。"人生在世,面对纷繁抉择,总要有所取舍。取舍是艰难的,稍做犹豫,就陷入两难,尤其是在两相比较之下,如若不能早做决定,最后只会伤人害己。

因而要学会让自己放下。放下心中欲念,放下两相比较,放下红尘业障。而放下,有时是为了更好地得到。

星云法师曾经说过:舍弃,是一种智慧,也是一种境界,懂得舍得的人往往会有大收获。同样,不为尘世所动,平心静气,放下一时意念,也能由此参悟到生命的真谛。

生活就是如此,掌心紧握,最终握不住任何东西;而张开双手,却能拥抱整个世界。

因而要懂得,抓不住的就索性放手,任其在自由的空间恣意挥洒。

人生于世,如果能够体悟到不是什么都可以是我的,这世上的万物大多都是镜花水月,自然也就不会计较得失成败,也不会对执迷依依不舍了。

风景宜人向前看

人的五大根本烦恼——贪、嗔、痴、慢、疑。

这些烦恼终究会带来许多情绪的困扰，但是究其原因，无非三个字——放不下。

"有缘即住无缘去，一任清风送白云。"

以"入世"的态度去耕耘，以"出世"的态度去收获，不仅是禅者的态度，更是我们快乐人生所需要的一种精神。

世间万物，有事必有缘，万事随缘，若能顺其自然，苦乐随缘，得失随缘，自然便是人生一片好风景。

人生处处好风景，你若有一双欣赏的眼睛，自然有很多烦恼和痛苦是很容易解决的，有些事只要你肯换个角度、换个心态，你就会看到另外一番光景。

所以，当我们遇到苦难挫折时，不妨把暂时的困难当作黎明前的黑暗。只要以积极的心态去观察、去思考，你就会发现，事情远没有想象中的那样糟糕。

换个角度去观察，世界会更美。

北魏太武帝时期，由于皇帝不喜欢佛教文化，便开始在全国范围内取缔寺庙，镇压僧侣，被镇压的僧侣人数一度达到百万，被损坏的寺庙和佛像更是不计其数。

那时候，和尚要被集中送往一个地方管制起来，于是官吏便开始押送各地的和尚前往看管地点。

这年，未觉寺仅剩的两名和尚最后也被官吏抓捕遣送往看管地点。官吏为了防止他们逃跑便给两人戴上了手镣脚铐。

官吏押送这些和尚的时候都非常残暴，甚至在路过乡镇的时候会脱光和尚的衣服当众羞辱这对师徒。

　　其中的小和尚从小就得到住持的喜欢,在寺庙之时没有受过任何苦难,这样的折磨对他来说无疑是难以忍受的,小和尚连轻生的念头都有了。

　　这天,天气非常炎热,官吏在后面用皮鞭驱赶着师徒赶路。由于连夜赶路加上一天没有喝过水,小和尚的嘴唇已经干裂。就在这时,官吏狠狠地抽打了小和尚。

　　由于剧痛小和尚瘫倒在地。小和尚越想越痛苦,就想咬舌自尽结束自己痛苦的生命。

　　就这在这个时候,老和尚看穿了小和尚的心思,拍拍小和尚的头用手指在地上写下了七个字:"此时正当修行时"。

　　小和尚站起身来对着师父说:"师父,我现在又累又渴,还不如一死了之。"

　　老和尚小声说:"你要是觉得累,便想想到了晚上,你我便可以休息;你要是渴,便想想前方不远处就有凉亭,到了凉亭便可坐下来喝水歇息。"

　　小和尚接着说:"师父,徒儿不明白,如今世事动荡,朝不保夕,连明日的生死都未卜,活在世上又有何意义?"

　　师父摸摸他的头说:"为师常对你说,人生宜向前看,不要执着于眼前的情愫。"

　　小和尚听罢,明白了师父的一番良苦用心,露出了难得的笑容。

　　再苦也要笑一笑,我们的人生便是如此,小和尚看不透尘世的痛苦其实也是一种磨砺。

　　不经历磨难,哪能体会前路风景的美好?

　　许多智者把人生比作舞台,什么样的人自然要担当什么样的角色,承担起相应的责任,尽好应尽的义务。

　　再精彩的演出总有落幕的时候。当某一天,某种身份失去时,自然也能够放下,轻松走向下一段风景。

　　唐代龙牙禅师偈语云:"朝看花开满树红,暮看花落树还空。若将花比人间事,花与人间事一同。"

　　外界环境往往会有不尽如人意的时候,然而一个人又怎么面对拂逆和不顺呢?

　　当知道外力不能改变的时候,与其怨天尤人,徒增苦恼,不如因势利导,适应环境,从既有的条件中,尽自己的力量和智慧去发掘乐趣。从容地从不如意中去发掘新的前进道路,去追寻前方没有路过的风景才是人生的真谛。

再苦再难的生活,笑着面对也是面对,哭着面对亦是面对,幸福在前方,景色宜人向前看。

不绝望于人生的苦,抬头向前,就没有过不去的坎。向前看,我们才能看到最美的风景。

重要的是我们曾走过

有人庸庸碌碌,茫然顿挫,只管奋力向前,却不知为何奔跑。常常为追逐他人所谓成功而疲于奔命,却在转身回望时,找不到来时的路和路上遇见过的美丽风景。

如果说人生是一段旅程,那么每个人的起点和终点都是既定的,赤条条地来,再赤条条地去。重要的,是我们曾走过。

旅行的美好不只在于去到了哪里,更在于这一路上所遇到的奇景——从苍茫高山到汹涌大海,从草长花开到冰雪皑皑;我们会遇到相伴而行的旅人,也许只是擦身而过,也许能相伴一程,也许能找到最终与子同老的有缘人。四季转换,昼夜更替,在这段不长不短的时光里,我们可以选择的只有如何走过这段旅程。

禅宗始祖达摩的大弟子原来是个猎人,他一生杀过无数大小动物,等到他晚年时看着自己的猎刀和年老的身体突然醒悟过来。

他跋山涉水四处寻找能开解自己的办法,后来终于在一个乡绅的指点下知道了禅宗始祖达摩祖师,他一心想拜达摩祖师为师,于是前往达摩修行的道场。

达摩祖师见到猎人之后知道他是猎人,罪孽深重,双手沾满了生灵的鲜血,而且求法得道的目的如此不纯,便拒绝了他,并且命人将他赶出道场。

猎人还是不死心,他下定决心悔改,三番五次向达摩保证从此不再杀生,达摩还是没有改变主意,只是挥手让猎人离去。

但是猎人心意已决,于是他长跪于道场的门口,希望达摩可以念他的善念之心,给他一个改过自新的机会,一跪就是大半个月。

这天,山上的天气开始变冷,鹅毛大的雪花开始纷纷扬扬地下起来。达摩祖师被他的诚心感动,说:"你还是回去吧,除非天降红雪,不然我是不会收你为徒的。"

猎人听完之后，随即拔出他的猎刀砍断自己的手臂，再把打猎的弓箭和猎刀折断，鲜血自他的伤口处喷涌而出，染红了天上的雪花，过了一会儿，连山上其他地方的雪花也慢慢地变红了。

这就是苦海无边，回头是岸；放下屠刀，立地成佛的来历。就如故事中的猎人可以放弃自己的前尘往事，一心向佛。人生很多修行参悟大抵如此：经历过，已是三生有幸，何必去执着前尘往事，胜败得失？肯放下手中的执念之刀，便已得到，亦是得"道"。

生命是一场奇遇，生活是一场修行。我们在面对生活的考验时，放下惊慌与焦躁，捡起勇气与耐心，时过境迁后，生活会给予我们另一笔财富——我们所经历的一切。

学佛者，先学感恩。感恩的人，遭遇坎坷的时候，看到友人相携相扶的身影；失败的时候，看到别人的真诚祝福；不幸的时候，看得到幸福的难能可贵。

人身难得，活着就已是幸运。

不强求 放手去祝福

人生旅程无非两种：一种是抓着手中的救命稻草拼命寻找出口，到达生命的终点便只剩下生和死；另一种是把目光和心灵投入沿途的风景和遭遇中，把垃圾污垢留在过去不带走，把宽心关怀放到未来去期待。

生命像一场不离场的电影，那些纠结和羁绊就像悲剧电影里的情节。学会不强求，放手去祝福，让那些不属于自己的生命细节，在随遇而安的生命际遇里变得宽广。

从前有一个书生，在那个万般皆下品，唯有读书高的年代里，自小书生便被逼迫着读书，以待有朝一日，考取功名，衣锦还乡，光宗耀祖。书生的父母甚至变卖家当田地，即使家里一贫如洗也要为书生筹得最好的笔墨纸砚，甚至，直到二老仙游弥离之时，仍然不忘要书生为功名奋斗。

寒窗十年，书生每日都废寝忘食，用功读书。奈何天资聪明的他虽然每次信心十足，但造化弄人，每次都和功名擦肩而过。

这年，书生在经历了又一次的名落孙山之后一病不起，可每日在卧榻之侧的书生，却仍然不忘读书。

一日，山上老禅师偶然听说了书生的故事，便下山来到书生的茅庐。他见书生满身惆怅又身染风寒却仍然伏于案前，便推门进去，准备开导书生。

书生见老禅师走进来，起身作揖，又坐下继续读书。

禅师看到一贫如洗的房间里只桌案上一个茶壶里面有些清茶，便坐下，问书生道："施主，读书如此刻苦，所为何物？"

书生答道："十年寒窗，只为一朝高中，光耀门楣，以慰先人愿望。"

禅师继续说："难道施主读书不是为了自己？"

书生答曰："先人后己，父母期望如此之高，我又怎么能只为了自己一时的欢喜，而不顾家父家母的期望？"

禅师拿起桌案上的清茶，倒出一杯茶水说："你看清茶之水，仍然有些滋味,仍能浸润龟裂的嘴唇,能解一时口舌之渴,然而对于这茶盏来说,一壶热茶方能有更好作用。"

禅师接着举起茶杯,将里面的过夜之茶倒掉,转身泡了一壶热茶,递到书生手中,说:"贫僧这次来,不为传道讲经,只希望可以为施主倒掉隔夜之茶,然后泡一壶热茶。"说罢,便转身离开了草庐。

书生望着禅师远去的背影,再看看手中冒着热气的茶水,抿一口回味无穷,甘甜无比,当下开示,明白了禅师的用意。第二年,书生轻装上阵,果然中了举人。

稻穗终成酒曲,变不回去稻穗,回不去田地。人生亦是如此,回不去年少之时,何不宽心以待,善待身边的每件事情? 把握现在的美好,放下身上的包袱。

杯子,总该为一壶暖人心意的茶水而留。

命里有时终须有,命里无时莫强求。这话其实可以理解为,越是强求,往往越不可得。

只有放下,才能拿得起。舍不下执念,何以修炼成佛?

放下心中挂碍,放下名利追逐,不强求于命运,不纠缠于红尘。让世间种种化作天边飘忽的云彩,直面嗔恨与伤害,让心释然,真诚感召。只要大步跨过,随心随性,满足于当下所有,对于其他外物,不如放手祝福,唯有放手,才能让自己幸福。

第五章
淡然忘怀　寻回真我

假如生活欺骗了你

不要忧伤　不要难过

在愁苦的日子里心平气和

相信吧　幸福的一天终究会来临

——普希金

使自己快乐也使他人快乐，别伤害自己也别伤害

他人，我以为这就是伦理学的全部意义

——尚福尔

人必须相信自己，这是成功的秘诀。

——卓别林

放开自己　做自己喜欢做的事

生活在别处。

放开自己,只为寻找在这个世界里我本应该的存在方式。

大千世界,万象纷呈。有时候会看不明白,到底怎样才是自己要的人生。静下心来,审视镜中的自己,到底要成长为一个怎样的人。

人生前行的路上,总有很多所谓的标准和榜样,总会有人不停在说,你应该做什么,应该如何做,应该成为怎样一个人。

我们好像总被告知,伟人也是人!痛了不哭,跌倒了要自己爬起来;喜怒不形于色,谦虚慎行会思考,优雅大方懂礼貌,努力把自己变成别人框架里所限定好的美好样子。

可是蓦然回首,是不是也会羡慕简单的履历,平凡的妻儿,说不上大风大浪的人生,只有一派悠闲与自得;即使窝在高楼大厦的方格间,每天柴米油盐,却有别人羡慕不来的天伦之乐。

有时感慨过于平淡;有时也会窃喜,窃喜自己是这宇宙中独一无二的自己,没有任何轨迹可以重复描致。

或许粗茶淡饭,却是自己最想要的味道。

一位老禅师已经八十多岁了,年轻时挺拔的脊背已经弯曲,已没有了当年的活力。不过老禅师都会坚持去山里采摘新鲜的蘑菇,然后把蘑菇放在阳光下晒干。

老禅师坚持每日诵经,讲佛,做自己力所能及的事,几十年里,风雨无阻。

寺里的住持道元禅师看到以后,觉得老禅师实在是太辛苦了,于是上前奉劝:"长老啊,您年纪都这么大了,腿脚也不方便,干吗还总要那么辛苦地去干这等劳心劳力的活呢?不如您老人家多歇息一下,我可以叫别人帮你晒好蘑菇的呀!"

道元禅师一番好意，满以为老禅师会点头答应。

不料老禅师严词拒绝道："别人不是我！"

道元禅师闻听此言，对老禅师十分敬佩。

是呀，别人再怎么强壮，也不是老禅师自己。采蘑菇的所行所修，也只有亲自去做的人才会懂得。禅者的修行，在于己身。别人又怎么替代得了呢？修行路中没人可以代替自己，只有自己亲力亲为，才能有自己的领悟，并能最终得以成佛。

人生最值得高兴的事情，是别人终究不是我，而我则变成了自己最喜欢的模样。就好像老禅师晒蘑菇，他不得别人的清闲，别人亦参不透他晴雨里的悲喜。

心中的一方净土，想必也只有自己才能看得最清楚，老禅师懂得自己最喜欢的事情便是每日修行中的所得所想，做自己最想做的事情，看自己最乐意看的风景。坚守自己心中的宁静，也许就是老禅师的悟道。

风过磐石自固，雨泼花自开放。欣赏自我是对造物主赐予我们独特灵性最大的感激。疯狂或者恬静，自我最能感知。假借他人之口，总落得偏颇之语，不如走自己的路，让世人去说。

但世俗总多牵绊，做自己喜欢的事情实在不易。偶尔摒弃人言之可畏，做到顺从己心，收获的，肯定要比抱着怨念埋头苦干来得轻松得多。

"人生得意须尽欢，莫使金樽空对月。"诗人对人生的浪漫总让人折服。诗仙的潇洒不羁虽然换不来功名利禄，却做了一回心底的自己。

那个远赴撒哈拉的三毛，最终飘向了荷西的怀中，共享那撒哈拉一夜的星空，没有了豪门生活，不见了大家闺秀，却寻得了自己心里最想成为的样子。人生的乐趣，不外如是。

魔力悄悄话

什么时候放下，什么时候就没有烦恼。很多人不快乐，或每日挣扎在累心劳神的状态中，只因欲望太强。欲脱离苦海，则回归本心，顺应自己，做爱做的事情。

舍弃不必要的痛苦与烦恼

鲜花开得灿烂,也会凋零化作春泥,只为换来以后的花香更浓;看那大树长得繁盛,每逢秋日,便有落叶飘零,只为换来来年新枝嫩芽,一片盎然生机。

鲜花和大树,需要时时修剪已经残败的枝叶,才会长得更好看。生活也是如此,为了更好地向前,需要放下那些烦恼,才会过得轻松自在。

敝帚自珍,是我们在面对即使已经毫无用处的东西时,常表现出的心态。但往往只有懂得舍弃,才能有收获。正如在荒漠中远行,舍不下随身携带的珍宝,可珍宝再值钱,此时也不过是拖慢步伐的累赘。只有抛下这些烦恼,我们才能走得更远。

佛家有偈言:"身如菩提树,心是明镜台。时时勤擦拭,勿使惹尘埃。"人心如镜,痛苦或烦心的事情偶尔有遇,便像是灰尘飘落在镜子上,需要我们勤擦拭,放下那些不必要的痛苦与烦恼,重新以一颗轻盈的心灵,对待今后变幻莫测的人生。

从前有一位商人,生活得富贵殷实,家中有一个机灵可爱的儿子,乖巧勤奋,甚讨人喜欢。在别人看来,这位商人生活得应该很美满幸福了,但是他却成天闷闷不乐,原来是因为他心爱的妻子,在儿子出生那天难产不在了,如此,商人每次看到儿子,都会触及心中所痛,因此商人很少与儿子相见,对待儿子也很冷淡。

他的儿子很苦恼,因为即使他再怎么努力表现给父亲看,商人的心里,也只是挂念亡妻,对儿子的努力视而不见。

儿子心情沮丧地跑至附近的寺庙,跪在佛像面前哭得很伤心。

寺中住持看到孩子痛不欲生的模样,关心地上前询问。孩子告诉了住持事情的始末,并请求修为高深的住持,教给他解除父亲心结的办法。

住持听完儿子的讲述之后,说道:"请你的父亲过两日来我寺中一聚吧。"

儿子回家之后，百般请求，终于说服，父亲去拜会住持。

商人应约而至，住持便邀商人一同至禅房。

进了禅房之后，商人发现房中一切布置简朴有致，但是摆着几盆已经枯萎的水仙，因为花叶长期浸在水中，更是泛出一阵阵恶臭，引来苍蝇飞舞。

住持询问商人："施主，你觉得我这间禅房布置得怎么样？"

商人掩鼻答道："我只觉得这房内残花实在是太让人难以忍受了。"

住持说："可这水仙是我之前精心所养的最喜欢的花，要是扔掉，怎么舍得呢？"商人劝解道："水仙花再怎么是大师心头所好，但也已经香消花败，如果可以扔掉，换几株新花，岂不是让这禅房更加雅致？"

住持道："施主既然明白这个道理，为何自己又对前情念念不忘呢？正所谓，旧的不去，新的不来。好花已残，摆在房中，更是让人只注意到那不足之处，忘了其余良好。不如抹去旧伤，珍惜眼前福。"

商人如同醍醐灌顶，解开了心结，舍弃亡妻之痛，终于看到儿子的勤奋好学、孝顺有礼。有感于此，心中欣慰异常。从此，父慈子孝，欢乐多多。

人生之路漫长，人事之变莫测，生命之路上会遇到各种各样的风景。我们的心可以携带的东西，不是很多，若是一直惦记着那烦恼往事，只会成为我们前进的沉重包袱。舍弃不必要的烦恼和痛苦，清空心灵的行囊，让快乐与恬淡伴着我们前行，才是明智之举。

不撕开遮云，明月无法洒下淡淡清辉；不忘记痛苦过往，我们便要一直拖着那悲伤负累，活在乌云蔽月的深深黑暗之中。生命里，应该多些欢乐，少些难过。时常拿起剪刀，修剪生命之树上那不必要的枝丫，迎接新的愉悦的来临。

人生在世如身处荆棘之中，心不动，人不妄动，不动则不伤；如心动则人妄动，伤其身痛其骨，于是体会到世间诸般痛苦。

宽容他人是善待自己的好方法

人之所以为人,很重要的一方面是人有克制力,能用宽容化解怨恨。假如怨恨胜过了宽容,带来的便只有血与火的暴力和难以抚平的伤口。宽容他人就是善待自己。

哲学家康德说:"生气,是拿别人的错误惩罚自己。"一个不肯原谅别人的人,就是不给自己留余地,因为每一个人都有犯错需要别人原谅的时候。

宽容是一种豁达的心境,对于人生,也许只有拥有一颗宽容的心,才能面对自己的人生;宽容也是一种幸福,我们宽恕别人,不但给了别人机会,也取得了别人的信任和尊敬,我们也能够与他人和睦相处;宽容是一种坚强,而不是软弱。

当我们静下心来,仔细回味,究竟争的是什么? 是钱,是面子,还是争个心理平衡? 争到了吗? 争到后快乐吗? 这快乐能维持多久? 也许你有"理",也许你争到了"理",但现实中有很多事仅靠一个"理"字是解决不了问题的。和为贵,忍为高,凡事退一步海阔天空,只有勇敢的人才懂得如何宽容;懦夫绝不会宽容,这不是他的本性。

荀子曾言:君子贤而能容罢,知而能容愚,博而能容浅,粹而能容杂。意思是:君子贤能而能容纳无能的人,聪明而能容纳愚昧的人,知识渊博而能容纳孤陋寡闻的人,道德纯粹而能容纳品行驳杂的人。这是一种海纳百川、有容乃大的至高境界。不会宽容别人的人,是不配受到别人宽容的。

宽厚待人,容纳非议,是事业成功、家庭幸福美满之道。事事斤斤计较、患得患失,活得也累,难得在人世走一遭。所以说,宽容别人就是善待自己。

放下不属于你的钥匙

生活中总有这样的人,他们不善于察言观色,却偏偏在官场上寻愁觅恨,眼看着别人跑到了自己前头,徒叹命运不公却不甘失败;有些人根本就记不清流水账,却非要往商海里跳,生意做得一塌糊涂,口中却仍念着"天将降大任于是人"。

世上没有任何事是绝对的,人生并不是什么时候都需要坚强的毅力,毅力和坚持只在正确的方向下才会有用。在必败的领域,毅力和坚持只会让人南辕北辙,输得更惨。

成功者与失败者的最大不同,就是成功者知道自己的优势,因此,他们只参与有利于自己的竞争;而失败者则相反,他们往往十分卖力地把自己逼进死胡同,然后,等到失败的时候才后悔当初为什么不试着换另一种选择。

某寺庙的门上写着"看透、放下、自在、随缘"八个字,人生在世,有太多的东西看不透,放不下,佛家讲的是一切随缘,是你的就是你的,不是你的再怎么努力也没用。人不应该和自己过不去,总是去追求自己得不到的东西,反而会把自己弄得满身是伤。

总有一把钥匙能打开自己的门,放下不属于自己的钥匙,因为不管你把它攥得多牢,都是徒劳。

放下不是懦弱,而是一种聪明的处世方法。在这个世界上改变别人难,改变自己也难,改变不了别人不如改变自己。聪明的人懂得变通,好汉不吃眼前亏。试着多做一些选择,成功的道路不是只有一种。

放下坏心情　活出新自我

　　生活在新时代的人,有大房子住,家用电器一应俱全,许多人在一夜间跨入富人行列,有钱了,心却浮躁起来,相互攀比,这山望着那山高,满脑子除了钱还是钱,这已经成为现代生活的主题。人的心也随钱多钱少而沉浮其中,背负着钱奴与房奴等诸多压力,不懂得放下,在追求的过程中迷失自己,谈何轻松自在?

　　人都在为自我而努力着,然而物质极大地丰富了,精神却是极度空虚,又有何快乐可言? 相反,一些精神世界丰富的人,虽然清贫,却是神清气爽,活得超然自在。

　　既然金钱、物质都不能带给我们快乐,人们能做的就是守住自己的心灵,调整好自己的心态,放下诸多影响心情的欲望,如果不懂得放下沉重的心思,活出自我不是空话又是什么? 心情不好时,舍弃诸多身外之物,心灵就会变得澄清明净起来;而放下压在心上的不快,身心也自然会变得轻松自在。

　　其实,好心情与坏心情就在一念之间。心情不好时,只要换个想法,调整心态,让自己有新的心境,只要肯稍做改变。就能抛开坏心情,迎接新机会。把沮丧的事放下,把无精打采的愁容洗掉,想着自己就是得意快乐的人,即使装成高兴充满自信的样子也行,坏心情一定会消遁的。

　　活在当下,复制快乐,删除烦恼,找回自我,做自己快乐的主人。保持平常心,不以物喜,不以己悲,放下坏心情,何乐而不为? 学会放下,学会放弃,学会舍得,你才能在当下的生活中得到自己想要的好心情,你就会觉得生活让坏心情来主宰是一件很不合算的事,也是一件得不偿失的事。

只选择适合自己的

如果你真的喜欢一样东西，那么放它走吧。假如百转千回，它还能回来找你，那才是真正属于你的东西。假若世事浮沉，它转眼消逝，再也不相见，那么只能说明，你们无缘，而你，自然也就大可不必因为失去了它而感到感伤、伤怀。

人生，不是因为拥有得多，就会快乐，只有舍弃那些不适合自己的，选择让自己觉得温馨的，才是真正快乐的拥有。

或许你曾羡慕那名商家家财万贯，叱咤商海。于是逼紧着自己竭力工作，想要爬上那金字塔的顶端，夜色深浓，拖着累极了的疲倦身躯回家的时候，听到地下人行通道里背着吉他的小伙子，扯着豪迈的嗓子，唱着自由而快乐的歌，羡慕他勇敢地摆脱禁锢，过着自己喜欢的生活。

终究不是每个人都适合锦衣玉食，也许粗茶淡饭，会更让人回味无穷。

或许儿时心中最大的愿望，不是要多有钱，而是有几分田地，养几只鸭鹅，有一个属于自己的小小庄园，衣食无忧，怡然自得。

古时候，一个贫苦书生有个青梅竹马的恋人。这个恋人对他不离不弃，在他需要筹资进京赴考的时候，她就开始为他做苦工，天天摸黑早起，靠着卖豆腐花给他凑齐了进京考试的钱，陪着他一起进京赶考。

书生得以顺利参考，而且凭借杰出才学，高中状元，入朝为官。

书生风光得意，意气风发；他那青梅竹马的恋人，却因为当初的起早贪黑，过度劳累，而变得人老珠黄。

书生得到当朝宰相的赏识，宰相便想将自己的女儿许配给他。宰相的女儿娇生惯养，刁名在外，断断不是贤妻之选，不过娶了她，书生在朝中就等于有了靠山，从此就可以平步青云了。

书生心中很是纠结，不知道该如何选择。一边是富贵娇娇女，虽然难伺候，却可以换来后半生荣华富贵；一边是青梅竹马温柔恋人，与自己最是意气相投,心灵相通。但是,若娶了恋人,就会得罪宰相,并且恋人家境贫寒,于自己仕途也没什么帮助。

书生心事重重地来到城郊古寺,去会见自己的高僧挚友。

高僧看到书生眉头深锁,也没有问具体怎么回事,只是将书生带到自己的禅房,说道:"我听说弟弟你就要成为宰相的乘龙快婿了,可喜可贺。我就送你两件礼物,你看哪件比较对眼。喜欢什么,就带什么走吧!"

书生想着,看来高僧也是赞成自己取宰相小姐的吧,于是来挑选高僧给他的礼物。

只见两样礼物,一件是质朴无华的镯子,另一件是如人那般高的金佛像,价值不菲。

书生看着两样礼物,不知道从何下手选取。

高僧便说:"那佛像本是我寺中至宝,奉在家中,日日诵经,可保一世平安荣华。不如我就把它送给你,你背下山去,放在自己的宅子里吧。"

书生愣了一下,笑着拒绝道:"大师,那佛像那么重,我怎么背得动呢?再说了,我把它放在家里,我又没有念经礼佛的习惯,若是天天对着它,哪还有时间念我的诗词歌赋呢?"

高僧笑着点化书生说道:"既然你也知道佛像你背不动,也不是你所好,就该选择让你轻松自在的。娶妻又何尝不是如此呢?"

书生听后,茅塞顿开。拿起高僧所赠的手镯,回到家中。家中恋人早已经煮好了几碗他最爱吃的豆腐花,等他归来。

书生选择了青梅竹马的恋人作为自己的妻子。从此以后,两人相敬如宾。夫妻闲暇之余,可以一起吟诗作对,共赏风月,夫唱妇随,煞是甜蜜。

魔力悄悄话

　　勇于追求是一种精神,勇于舍弃却是一种境界。人生就是在舍弃的过程中,剔除糟粕,获得精华。生而为人,需要学会舍弃,由此才能参悟生命。

让错误和烦恼"到此为止"

生活中不幸之事无法逃避，更无法左右它的发生，但我们可以决定如何面对，那就是让错误和烦恼"到此为止"。(《思想的光辉》)

莎士比亚曾经说过："聪明的人永远不会坐在那里为他们的损失而悲伤，却会很高兴地去找出办法来弥补他们的旧创伤。"

当杰勒米·泰勒丧失了一切的时候——他的房屋遭人侵占，家人被赶出家门，流离失所，庄园被没收了，他这样写道："我落到了财产征收员的手中，他们毫不客气地剥夺了我的所有财产。现在剩下了什么呢？让我仔细搜寻一下。他们留给了我可爱的太阳和月亮，我温良贤淑的妻子仍在我的身边，我还有许多给我排忧解难的患难朋友，除了这些东西之外，我还有愉快的心、欢快的笑脸，他们无法剥夺我对上帝的敬仰，无法剥夺我对美好天堂的向往以及我对他们罪恶之举的仁慈和宽厚。我照常吃饭、喝酒，照样睡觉和消化，我照常读书和思考……"

在意外打击和灾难面前，泰勒仍感到有足够的理由高兴、欢乐，他像是爱上了这些痛苦和灾难似的，或者说，他在这种常人难以摆脱的痛苦和怨恨中仍然能够自得其乐，真可谓不以常人之忧为忧，而以常人之乐为乐。他之所以能做到这一步，是因为他善于正视困难，视灾祸为一点寻常荆棘，他即使坐在这些荆棘之上，亦不足为忧。

生活中烦心的事情是很多的，我们的一生中很少有几次能够真正感到自己的生活一帆风顺，多数情况下是诡谲多变的。在这种环境之中，唯一能使我们保持平静心情的办法，就是让自己"随遇而安"，就是让自己"无所谓"。一个人若能不管际遇如何，都保持豁达的心境，那真是比拥有万贯家财更有福气。

一个人搭车回家，行至途中，车子抛锚，当时正值盛夏午后，闷热难当。

当他得知四五个小时后才可起程时,别人都在抱怨,他却找了一个凉爽平坦的地方美美地睡了一觉。当他睡醒时车子已经修好。趁着黄昏的晚风,他踏上了归程。之后,他逢人便说:"真是一次最愉快的旅行!"

由此,随遇而安的妙处可见一斑。假如换了别人,在这种情况下,恐怕只好站在烈日下,一面抱怨,一面着急。可那辆车子不会因此提前一分钟修好,那次旅行也一定是一次最糟糕的旅行。

砂糖是甜的,精盐是咸的。它们是味道的两极,互为正反,如果想要使食物尝起来是甜的,只要加点糖就可以了。然而事实上若我们再加入些盐,反而更能增强砂糖的甜度与味道。这是因为调和了互为正反的两种味道,产生了一秧新鲜滋味,这正是造物主维妙的安排。

事物都有对立和正反两面。有对立的关系,我们才能感受到自己的存在,才能体会出那种类似砂糖里加入盐的滋味。所以,与其为那些难过的事情苦恼,还不如想想如何去接纳、调和它们。如此,必能产生新的美味,而坦途也就在我们面前展开了。

当你遭遇不如意事的时候,尽可把它看作一幕戏或一段小说,而你不过临时做了其中主角而已。那样你反倒觉得自己有所收获而感到欣慰。

无论你如何精心设计,或者想象事情会如何发展,或者相信事情应该如此……有些事总会让你感到迷惑、难堪或不平衡,你无法解释为什么会这样。也许是因为你的情绪、你的身体状况,也许因为航班,天气等客观原因,或者是因为这些因素综合在一起。

无论发生什么情况,都应该接受这种混乱、难堪的状况,从心理上把这些烦恼作为生活的一部分来接受。你应该知道,鲜花永远是和荆棘相伴的。

不过,要做到这点确实不容易。如果太坏的事情不是发生在自己或自己的亲朋好友头上,人人都能够保持冷静的心态;如果不是你的家庭被破坏和惊吓,你是容易冷静的;并且在你没有受到严重的侵犯时,你也很容易理解怎样去宽恕别人。但是,当你遇到不幸的事情时,想继续保持冷静和宽容对于一些人而言就很难了,因为他们不能无所谓地看待这一切。

控制自己受伤的情绪,不管是因为焦虑、不满、孤独,还是愤怒,你必须尽可能地对自己所做的任何事情负责,充分考虑任何行为的后果。虽然有些事情你是无能为力的,比如别人的决定和行为,你肯定不能将世界按照你的愿望来塑造,但是你还是应该努力去改变这种现状。既然如此,那就无所谓一些,看淡一些。有些事情你是可以控制的,如你自己的想法、怎样对形势做出反应以及自己将来的打算等。你可以查明不切实际的目标和超出现实的期待,然后将其抛弃或将其更改得合乎情理;你可以时常回过头来想想,而不要一味盲目前进;你可以停下来思考一下或是听听别人的看法。只有这样,你才能真正看到到底发生了什么,弄明白什么是正确的,什么是不正确的,并且最终接受现实。

具有乐观、豁达性格的人,无论在什么时候,都能感到光明、美丽和快乐的生活就在身边。他们眼睛里流露出来的光彩使整个世界都流光溢彩。在这种光彩之下,寒冷会变成温暖,痛苦会变成舒适。这种性格使智慧更加熠熠生辉,使美丽更加迷人灿烂。

发生了天大的事也要镇定自若

　　生活中不管发生什么事都能沉住气、稳住神,这是一种修炼、一种涵养、一种能力,更是一种实用的和理智地对待现实的正确心态。处事不惊和处变不惊能使我们进退的余地大大拓宽,这样的人往往能够成为强者和快乐者。

　　所以,要想活得旷达安然,就要有一种任凭云卷云舒,我自安然信步的胸怀。

　　据说东方的渤海国宰相去世的时候,国王想从两个同样优秀的年轻大臣中选择一人做新宰相。国王把他们俩留在宫中,分别让人告诉他们:"祝贺你,明天国王将宣布你做宰相!"

　　然后,国王让人领他们回到各自的房间睡觉,然后,国王躲在隔壁仔细观察两人的动静。其中一个人,内心过于激动,一夜未眠。而另一个人走进卧室不久,便静静地睡去,不时有鼾声传出,直到第二天仆人把他叫醒。

　　能静静入睡的那位大臣当了宰相,而一夜未眠的那位落选了。

　　国王说:"一听说要当宰相就激动得睡不着觉的那位说明他心里放不下事。当宰相,就要有腹中能撑船的度量。"

　　事实也正像这位国王说的一样,心里放不下事,一有事就焦躁不安,担心事态不知向何处发展,总猜测是好事还是祸事? 有利于己还是有损于己? 这样的人是做不成大事的,他的这种焦躁不安,不纯粹是兴奋,更多的是出于"担心"这种心态。

　　读过《飘》的人可能都注意到这样一个细节,每当斯佳丽遇到什么烦恼或者无法解决的问题时,她就对自己说,"我现在不要想它,明天再想好了,明天就是另外一天了。"

　　实际上,这种习惯是一种以无所谓的心态给心灵松绑的方法。它体现在实践中就是万事其实都有无所谓的一面。如果我们为某个问题、某项取舍苦苦挣扎一整天，仍然无法理出头绪，无从下手，那么最好暂时放下它，不要让自己做任何决定，让它在时间中成熟一些再去解决。

时间是生活最耐心的朋友。等问题的坚硬外壳被时间风化后，要剥开它就相对容易得多。

斯佳丽松开绑绳的办法，就是一种凡事无所谓、凡事无所惧的心态，既承载了人生的责任，也具有乐天派的胸襟。

所有的事物都处在不停地发展变化之中，智慧之人不同于常人之处就是他既能看到这些发展变化，又能承受和应对这种变化。

不要为打翻牛奶而影响好心情

　　意外的损失是令人沮丧的,但如果沮丧并不能挽回我们的损失的话,那么,沮丧的时间则不如接着去创造。(《思想的光辉》)

　　使我们快乐或不快乐的,并不是环境本身,而是我们对环境的适应能力,是我们自己的感受。

　　《十二个以人力胜天的人》的作者威廉·波里索曾说过:"人生中最重要的不是将收入当作资本。傻子都会这样做的。重要的是从损失中获益,这可是需要聪明的才智,也正是智者和傻瓜的区别。"他说这段话的时候,刚经历了一次火车事故,失去了一条腿。

　　人的一辈子不可能顺风顺水,总要有失利的时候。人生过程也就是得到与失去的过程,如果没有失也就无所谓得。所以,得与失是人生当中很正常的现象。

　　可是现实生活中,却有很多人不能正视得与失,他们常为一时的得而欣喜若狂,又为短暂的失而黯然心碎。其实大可不必,真正成熟的人是不会计较这些的。要知道,我们每个人最初来到这个世界上的时候,就是一无所有的,随着一天天地长大,我们才慢慢地获得了许多东西。如果因为某种原因我们又失去了它们,那也只不过是回到了从前,又有什么可悲伤的呢? 人之所以会悲伤,就是因为把以前地得到看成了理所当然。所以要想活出一个有意义的人生,就不能仅仅习惯于得到,还要习惯于失去。失去本身并没有问题,有问题的只是人的心理。

　　失手打翻了一瓶牛奶,固然令人心里不是滋味,可是也无须为此哭泣。因为哭泣并不能让牛奶恢复原样,只不过让自己徒增伤心罢了。我们的痛苦并不是来自失去,而是来自我们的"不肯放手"。

　　失去的已经失去了,又何必为之为此而伤怀不已呢? 人生长路漫漫,总要有失去的时候。既然失去了,就不要再强求,毕竟有些失去是靠人为的力量不能扭转的,比如单位要裁员你不幸就在其中,市场的竞争断了你的致富之路,天灾人祸让你损失惨重,诸如此类明知道留也留不住的东西,又何必固执地要去得到呢? 失去就有失去的道理,我们只需要用一颗平淡的心来面对,让生命变得豁达和从容。

生活中我们常说一句话:"旧的不去新的不来。"也许此时的你失去了一份凄美的爱情,失去了一次高升的机会,又或许丢失了一笔钱财……总之,不管是哪一种情况,伤心和难过都是毫无意义的。与其为失去的工作伤心,不如振奋精神去找一份更好的;与其为与恋人说分手而痛不欲生,不如花点心思疗养自己的伤口然后寻找新的爱情;与其为丢失的钱财而心疼不已,不如考虑如何让自己赚更多的钱。要知道,历史不会为任何人停留或改写,既然已经成了事实,最好坦然地接受它。

生活中并不是人人都能理智地面对失去,人们之所以对"失去"不能释怀,也许正是验证了那一句话:失去了才知道珍惜。拥有的时候不觉得好,等到失去才猛然发现,原来失去的东西是一件稀世珍宝。于是一直沉浸在回忆里,懊恼不已,更无心进取。而一个真正懂得生活的人,不会去计较一时的得失,他们会在一次次的彷徨失意中重新站起来,不断修养自己的身心。只有这样的人,才能品尝到成功的喜悦,成为生活的强者。

魔力悄悄话

失去的就让它过去,也许有的东西本不属于你,失去了是还给社会一个公道,说不定对自己也是一种解脱。如果太过留恋,也许你将失去更多。雪花飘飘很美,可是它终究要化为一无所有;百花争宠很美,可是它终究要枯萎凋谢;傍晚的夕阳很美,可是它终究要西下。这些失去是必然的,你能留得住吗? 既然人人都无法抗拒,就该顺其自然走下去,又何必为此伤神呢?

为小事而生气的人多数做不成大事

我们生活在世上的光阴只有短短的几十年,尽管如此,我们还浪费了许多时间,为一些一年之内就可忘了的小事发狂,这是多么可怕的损失。人生短暂,别为小事再浪费了我们享受生活的时光。(《人性的优点》)

我们常常为一些不令人注意、因而也是应当迅速忘掉的微不足道的小事所干扰而失去理智。

我们生活在这个世界上只有几十个年头,然而我们却为纠缠无聊琐事而白白浪费了许多宝贵的时光。

试问时过境迁,有谁还会对这些琐事感兴趣呢? 不,我们不能这样生活。我们应当把我们的生命贡献给有价值的事业和崇高的感情。只有这种事业和感情才会为后人一代代继承下去。要知道,为小事而生气的人生命是短促的。

这儿有一个哈里·埃默生博士讲述的非常有趣的故事,一个有关森林之王胜败兴衰的故事。

在科罗拉多河畔的一个山坡上有一株死去的大树。据生物学家估计,这株大树屹立在那儿已有400多年历史了。当初哥伦布在圣萨尔瓦多登陆时它已存在。

在漫长的岁月中,它曾先后遭受过14次雷电的袭击;四个多世纪以来无数次的雪崩和风暴它都傲然挺过了。它巍然耸立在山上,不曾畏惧过一切强暴,可是在一群很不起眼的昆虫的攻击下,它却倒下了! 这些昆虫穿透它的树皮,蛀空它的树心,用它们微弱的、然而不间断的进攻最终彻底瓦解了它的战斗力。

一株参天的巨树,一株几百年来雷电劈不死、飓风刮不倒、任何东西摧毁不了的巨树,终于被一群小得可怜的、我们用手指头轻轻一压就会成烂泥的虫子征服了。

我们难道不也跟这株饱经风霜的森林之王一样吗？我们不也能经受住生活中各种风暴、雪崩、雷电的袭击，而却让忧郁"昆虫"渐啖我们的身心和情绪，而最终失却我们强壮的体魄吗？这些忧郁"昆虫"也都是用手指轻轻一压就会成为烂泥的区区小物啊。

即使像鲁迪埃德·基普林这样的非凡人物，有时也会忘记上述名言。因为他曾经向他的舅子起诉，造成了美国佛蒙特州历史上最有名的家庭不和案。

曾有人专门对这个耸人听闻的案子著书立说，书名就叫《佛蒙特州基普林的家庭之争》。

事情经过是这样的：基普林跟佛蒙特州的一个名叫卡罗琳·巴勒斯蒂的姑娘结了婚。

婚后，基普林便在该州的布拉特利博罗市修了一幢非常漂亮的房子，然后搬到那儿住下来度过他的垂暮之年。

他的妻弟比特·巴勒斯蒂是他最要好的朋友，他俩工作休息都常在一块儿。

后来基普林买下了巴勒斯蒂一块地皮，并互相说定：巴勒斯蒂有权收割这块地上的青草。

可是有一天巴勒斯蒂看见基普林正把这块草地改建成花园，这可把他气炸了，当即出言不逊，骂将起来。

基普林也不示弱。于是佛蒙特这块草地之争便结下了两个朋友之间的冤仇。

几天之后，基普林骑着一辆自行车在路上碰见了他的妻弟巴勒斯蒂。后者坐在一辆双套马车上挡住了去路，硬要基普林下自行车让他过去。就因为这么一点小事，基普林丧失了理智，发誓要到法院去告他的妻弟。对这场案子，新闻记者们从各大城市向布拉特利博罗蜂拥而至。消息传遍全世界。

基普林从这次官司中得到了什么呢？一无所获。

相反，他还不得不按照法庭审判，他跟他的妻子一起永远离开他在美国的这幢住宅！

　　就因为这么一点区区小事,就因为园子里的一些青草,带来了这许多怨恨和痛苦,这又何必呢?"要是你能保持内心的平静,而不管他如何有负于你就好了!"基普林不无这样遗憾道。

　　两千多年前的古雅典政治家伯里克利斯就曾说过:"请注意啊,先生们,我们别太多地纠缠于小事了!"这一警言同样也适用于今天的人们。

保持淡然生活的姿态

淡然是一个人面对生活所把持的基调,它决定着你在生活中是忙忙碌碌、惊慌失措,还是悠闲自得、怡然自乐。(《快乐的人生》)

要说在生活中不管遇到多么大的变故和困难,仍能保持淡然生活姿态的人,没有超过犹太人的。

有着数千年文明的犹太民族,经过两千多年的流离失所,屡遭屠戮。他们没有国家、没有政府,在世界各地流浪,没有任何人保证他们的安全。然而,就是这样一个民族,却让世界刮目相看。在流散两千多年后,他们竟在这样的环境中复兴故国,让荒漠变成绿洲,他们的农业、教育、科技和军事都很发达。这样的一个民族,让世界都为之震惊。他们经历了无数次的痛苦和磨难,通过自己的智慧化解这种悲伤,通过自己特有的幽默驱散数千年来面临的痛苦。即使是面对颠沛流离,居无定所的日子,他们依然顽强地生存了下来。

有一对犹太老夫妻,他们很穷,有时还挨饿。在一次断粮时,老头对妻子说:"老伴,咱们给上帝写封信吧!"于是他们写了信,求上帝帮忙。还签了名,写了地址,封好。"我们怎样才能把这封信寄到上帝那里去呢?"老伴不放心地问。

"上帝无所不在!"老头答道,"我们的信无论用什么方法寄,他都一定能收到。"于是他走出门去,把信一扔,看着信被风吹走了,他也进屋了。

这封随风飘荡的信落到了一位富人的手里。他好奇地捡起信,被信里老夫妇的虔诚和天真给打动了。富人非常同情他们,并决定帮助他们。于是,他按照信上的地址,敲开了老夫妻的门。"约瑟先生住在这里吗?"他问道。

"我就是!"老头答道。富人对他说:"几分钟之前上帝收到你的信。我是他在美国的使者,他叫我给你送来100美元,聊补一下生活。"

"你瞧怎么样?"老头高兴地大声说,"上帝收到我们的信了!"

老夫妇收下了钱,对上帝的使者千恩万谢。但当那位先生走后,老头满腹狐疑。妻子问他怎么了,老头颇有幽默感地说:"那个代理人看上去一点也不诚实,他可能同我们耍了滑头。很可能上帝给了他200美元,可他却留了一半做佣金。"

当然,老头不是真的在怀疑富人,这只是一个调侃而已。

人富有未必就开心,贫穷未必就苦闷。生活中要充满笑声和欢乐,这才是明智的人生。俗话说:"笑一笑,十年少。"意思就是让我们对生活充满激情,尽情享受生活的每一天。

面对痛苦,不要一味地回避和躲让。因为有了痛苦,人生才变得多姿多彩,意志才变得坚忍不拔,思维才变得成熟敏捷。学会迎接痛苦、医治痛苦、化解痛苦,将痛苦看作一种锻炼。它是走向幸福生活的开始。

有这样一个故事:一位母亲因为她的儿子总是愁眉苦脸,于是在每天早上吃早餐时,就说一个笑话给儿子听,让儿子能高高兴兴地去上学。几个月后,她发现儿子的学习成绩有明显进步,于是她就更注意快乐心情对一个人的影响,也借机使自己的每一天都过得更充实幸福。事实上,幸福无所不在,"保持高度的幽默感"是关键之一。"天才老爹"比尔·寇斯比曾说:"你可以把所有的痛苦都用笑声来替代。只要能在任何事物上发现它们的幽默之处,那么所有的困难就都能克服了。"

痛苦与快乐永远是相辅相成的,当面对痛苦时,要用快乐的心态去对待它。应该这样想:正因为有了痛苦,快乐才如此让人记忆深刻,它让生活多了一种味道。让我们更珍惜幸福。

一个拥有幸福感的人,无论走到哪儿,都会觉得自己幸福自得。要想成为一个幸福的人,必须先敞开自己的心扉。

亚伯拉罕·林肯曾经说过:"我一直认为,如果一个人决心想获得某种幸福,那么他就能得到这种幸福。"俗话说得好,相由心生,境由心转,选择幸福才会感到幸福。如果整天沉溺在自己悲伤的情绪中,什么时候也发现不了快乐。相反,如果在生活中随处收集点点滴滴的快乐,自然而然的自己眉宇间就会散发出光彩。

犹太人有一个"飞马腾空"的故事。

古时候,有一个人被判了死刑,这个人向国王请求饶他一命,他说:"只要给我一年的时间,我就能使您最心爱的马飞上天空。如果您的马不能在天空飞翔,我愿意被处死刑,绝不会有半点怨言。"

国王答应了他。

在他回到牢房之后,另一位囚犯对他说:"你不要信口开河,马怎么能飞上天空呢?"

这个人说:"在这一年内,也许国王会死,也许我会死,也说不定那匹马出了意外送了命,谁知道会发生什么呢? 所以只要有一年的时间,也许马真的能飞上天空呢!"

纵观犹太人颠沛流离的历史,到处都弥漫着这种乐观的精神,他们面对的痛苦是什么事情也无法相比的,同样,相对于我们来说,还有什么痛苦值得悲伤。所以,要用笑声替代痛苦。

淡然处世的人总能看到事物光明的一面,他们懂得如何化解痛苦。所以,他们总是处处受到欢迎。快乐者,即使处于人生的低谷,仍信心百倍。淡然者生活很从容,宁静自我,感染他人。

俗语说得好:"幸福的心灵就像良药一样易使病人康复。"把痛苦紧紧地抱在怀里,会使一个人最终被痛苦淹没。"把生活看得太严肃,还有什么价值呢?"歌德曾经说过,"如果早上醒来我们没有感受到新的喜悦,如果夜晚降临没有赋予我们对新的幸福的期望,那么每天的睡觉和醒来还有什么价值呢? 今天的阳光照耀在我身上,我应该去认真地感受生活。"

淡然是生活的基调,是人生中最安逸的状态。无论遭遇到什么困难,只要不顾一切地拥抱生活、寻求快乐,就能从痛苦中得到解脱。也只有乐观向上的人,才能理解和享受生活;只有经历痛苦并用快乐代替痛苦的人,才能真正了解生命、热爱生活、快乐生活。

不做一些无谓的忙碌

现代社会竞争日益激烈，生活节奏变得越来越快，这是个事实，但它是不是就让每个人的生活越来越压抑，越来越没有自己的空间呢？对于有些人是，对于淡定生活的人来说则不是。

我们中的有些人终日被工作日程表束缚，上面记满了每天必须做的事，它占据了我们生活的中心，而在稍微地放松时，又被电视、电影、电脑游戏、健身场所、娱乐中心所淹没。这看似忙碌的下面也掩盖了现代人害怕无聊寂寞的事实。我们几乎没有了独立思考的时间，再也不给心情放假了。

爱琳·詹姆斯曾经是美国倡导简单生活的专家。作为一个作家、一个投资人和一个地产投资顾问，在这个领域努力奋斗了十几年后，有一天，她坐在自己的办公桌前，呆呆地望着写满密密麻麻事宜的日程安排表。突然，她意识到自己对这张令人发疯的日程表再也无法忍受下去了。自己的生活已经变得太复杂了，用这么多乱七八糟的东西来塞满自己清醒的每一分钟简直就是一种疯狂愚蠢的生活。就在这时，她做出了一个决定：她要开始简单的生活。

于是，她着手开始列出一个清单，把需要从她的生活中删除的事情都排列出来。然后，她采取了一系列"大胆的"行动。首先，她取消了所有电话预约。其次，她停止了预订的杂志，并把堆积在桌子上的所有读过、没有读过的杂志全部清除掉。她注销了一些信用卡，以减少每个月收到的账单函件。通过改变日常生活和工作习惯，使得她的房间和庭院的草坪变得更加整洁。

爱琳·詹姆斯说："我们的生活已经变得太复杂了。在我们这个世界的历史进程中，从来没有像我们今天这个时代拥有如此多的东西。这些年来，我们一直被诱导着，使得我们误认为我们能够拥有这一切的东西，我们已经使得自己对尝试新产品都感到厌倦。许多人认为，所有这些东西让他们沉溺其中并且心烦意乱，因为它们已经使得我们自己失去了创造力。

177

"因为受习惯的生活方式的影响,你每天有多少活动是不得不勉强去做的?追求舒适的习惯和烦琐的例行公事是否让你的日常生活落入浪费时间、浪费精力的陷阱?其实减少那些程式化的活动,并不会因此减少快乐的机会。

"习惯驱使我们去做所有这些日常琐事。我们总是担心如果我们不去做,就会失去什么东西。其实,也许我们的确会失去什么东西,但是这没什么不好,我们还是好好地活着。还不仅仅是活着,而是活得更潇洒了,因为我们再也用不着试图去做所有的事情。看看那些对人类的艺术领域、音乐领域、科学领域做出过卓越贡献的人,如毕加索、莫扎特、爱因斯坦,这些人都生活在极为简单的生活之中。他们全神贯注于自己的主要领域,挖掘内在的创造源泉,因此,获得了丰富精彩的人生。"

适当放弃,也是对捆绑自己的背包的一次清理,丢掉那些不值得我们带走的包袱,拿走拖累我们的行李,我们才可以简单轻松地走自己的路,人生的旅行才会更加愉快。

闲暇之余,我们不妨拿出一张纸来,列一个表,把自己自制的娱乐方式和娱乐项目列出来。想想野炊或野营,自制个轮船模型,锻炼一下身体或种点花草,甚至读书、画画、写文章都挺有趣的。我们也许会感到这些娱乐游戏和活动较实惠,而且它同样会让我们每一个人都感到开心。

摒弃那些多余的东西,不要让自己迷失方向,贪婪地占有只会占用大量的时间和精力,而这些时间和精力本来可用于我们真正希望去做的事情上。

伟大的哲学家尼采曾经说:"所有的伟大思想都是在散步中产生的。"生活中一些不起眼的行为就能让你感到轻松舒适,散步就是其中最好,最简单、也是最廉价的一种。

适当的时候,我们要给舍弃一些无谓的忙碌,给自己的心情放个假。当你面对工作的负荷,再也无力应战的时候,当你遇到烦心事,思绪混乱的时候,不妨给自己一点独立的安静的环境,不妨去公园逛逛,欣赏姹紫嫣红的美景,游人灿烂的笑脸胜似晴空,如茵的绿草地上,嬉戏的顽童一脚把足球踢上天空,这一切将给你的心中充满丝丝绿意,让你拥有一个好心情。这时你会突然发现:天是那么湛蓝,云也分外洁白,这个世界也真的好美丽,而这时你也会拥有一份好心情! 你不妨撑起一把伞在雨中漫步,在青石板小巷里欣赏雨中美景,那细雨会把你的坏心情洗得一尘不染……

生活赋予我们什么，我们就坦然接受什么！

世界上没有人会无缘无故地去主动承受噩运，但噩运漫无目标非要降临的时候，不管降临到谁的头上都是合理的。

有这样一个故事：有个小男孩因为烫伤在背上留下了两块伤疤。在一次洗澡的时候被幼儿园的小朋友发现了，大家纷纷把他当作一个怪物。幼儿园的老师告诉小朋友，每个孩子在出生之前都是一个有着翅膀的小天使，他们降临到人间的时候需要褪掉自己的翅膀，有的小孩子太着急了，不等翅膀褪干净便来到了人间，背上也就留下了伤疤。听到了这个故事，小朋友都对小男孩的伤疤非常羡慕，小男孩也因为自己背上有伤疤而欢欣雀跃。

故事很简单，但是却能告诉我们一个道理：面对自己的缺憾，不如给它编织一个动人的童话，你的缺憾也会因为这个童话而可爱起来。

一般情况下，人们会极力掩饰自己的缺憾，这样做反而会欲盖弥彰。其实无论一个人有多完美，都会有微小的瑕疵。不要刻意掩饰自己的缺陷，你会因为真实而受到人们的喜欢。

魔力悄悄话

怎样的生活才是理性的生活呢？就是该忙碌的事忙碌，不该忙碌的事就不忙碌，或者是干脆就舍掉。

不要在小事上浪费我们太多的时光

在小事上浪费时间最可惜。有的人对时间采取毫不在乎的态度,对时间的利用敷衍了事。他们与同事扯些无聊的废话,或没完没了地打电话……这是多么可怕的损失。(《人性的优点》)

我们通常能很勇敢地面对生活中那些大的危机,可是,却被芝麻小事搞得垂头丧气。就像森林中的那棵身经百战的大树,经历生命中无数狂风暴雨和闪电的打击,但都撑过来了。可是我们的心却会被忧虑的小甲虫——那些用拇指跟食指就可以捏死的小甲虫所吞噬。

所以,我们应该认识到,生命太短了,我们不能被小事绊住前进的脚步。

一位父亲在教他5岁的儿子使用剪草机,父子俩正剪得高兴,有人给父亲打电话,于是他进屋去接电话。等父亲接完电话出来时,却发现儿子把剪草机推上了郁金香花圃,把他心爱的郁金香剪得乱七八糟。

父亲当即暴跳如雷,扬起手就要打儿子。正在这时母亲走出来了,她看了看满目狼藉的花园,然后温柔地对丈夫说:"喂,我们现在人生最大的幸福是养孩子,不是养郁金香。"

3秒钟后,父亲放下了手,恢复了平静。

没错,我们要抓住的是生命中最重要的东西,而不是生活的细枝末节。

一位散打高手曾经以一双迅猛无敌的快腿令前来与之切磋武艺的人个个佩服得五体投地,用"威震武林"四个字来形容这位散打高手的腿脚功夫实在是恰当至极。可是现实真如人们经常说的那样"命运弄人"。一次意外,散打高手的双腿却齐刷刷地摔断了!一向以腿脚功夫威震武林的散打高手此时连站立和行走都成了问题,过去迅猛无敌的快腿,此时只留下一双空空的裤管。

等到散打高手从昏迷中彻底清醒过来时,徒弟们几乎不敢告诉他这个惨痛的消息,他们甚至不敢想象师傅看到一双空裤管时会有怎样的反应。可是当大师看到一双空裤管时,他没有像弟子们想象的那样慌乱,更没有捶胸顿足地表达自己的痛苦和抱怨命运的不公。他让徒弟们把自己扶起来,平静地吃下一些饭菜,然后就像过去一样坐在那里练习内功了。练习完内功,看着一脸茫然的弟子们,散打高手说道:"我想说两件事:第一,以后谁还想练腿脚功夫我还会像以前一样认真教导,只不过很难再亲自示范了;第二,从今天起我要练习臂掌部位的功夫,我相信自己不会因为失去双腿而变成废人,你们也不必因为师傅失去双腿而放弃在武学上的修炼。"

几年以后,这位散打高手以其出色的掌上功夫赢得了更多人的敬仰。当一位多年不见的老友因看到他失去双腿而流泪叹息时,这位武学大师微笑着对老友说:"我把过去的一切都扔掉了,所以能轻轻松松地生活、练武,可是你怎么还让几年前的痛苦扰乱我久别重逢的兴致呢?"

我们口口声声地说要向成功的方向迈进,但是在通往成功的道路上,真正阻碍我们前行的却不是环境的险恶和道路的坎坷,更不是"上天"的故意捉弄,而是不断寻找借口为自己开脱。懒惰的人会为自己的拖延和无所作为寻找借口来加以掩饰,伪善者会为自己的恶行寻找美丽的谎言来进行遮掩,懦弱的人会抱怨"老天"善待众生而唯独不眷顾自己,最终,这些人在自己编织的种种借口之中亲自葬送了到手的成功机会,可以说他们亲自为自己的失败挖好了坟墓。

过去或成功或失败或快乐或伤痛,都属于过去,留在昨天的阴影中不肯走出就永远看不到前面的阳光。我们不该在一日之初、黎明升起之时还背负着昨日的伤痛。过去的一切都让它随风而逝吧,不要让昨天的伤痛令自己痛悔一生。

坦然以对心境宽

君子的胸怀就应该这样:安贫乐道,与世无争,不贪不义之财,光明磊落心境坦荡;在涵养上,不断修炼内心,不因为现在修行不够而放弃,而是成于心,践于行。

"眉开眼笑精神爽,心底坦荡天地宽"。心胸坦荡,不仅可以锻炼美好的形象,也是人的一种可贵品质、一种值得赞赏的美德。心胸坦荡的人,看得很开,不计成败、得失,对他人的过失,也是宽容一笑,而不是锱铢必较。

某日,一位经商的大户人家,拿了一幅裸体仕女图,来到本县山上的一座寺庙,请庙中住持大师题字。

商人心中暗想,大师必定会觉得心中尴尬,急忙推脱,到时肯定会有好戏可看,于是呼朋唤友,叫了不少人过去,想一起看看笑话。

"大师,您德高望重,我请求您在这幅千金购来的画上题词,好让我纪念珍藏。"

大师一看那幅画,不但没有拒绝,反而欣然应允。

大师一边题词,一边与众人赏画:"多么好的构图呀,可见作者笔力之精湛。"随后大笔挥毫题上:"佛卖法,祖师卖佛,末世之僧卖祖师;有女卖色身,消众生烦恼。色即是空,空即是色,柳绿花红,夜夜明月照清池,心不留亦影不留。"

本来想看热闹的人们,见大师如此坦荡自在,纷纷低头告辞。

世间一切,不过是过眼云烟,声色犬马,不过一时之乐。大师不会为女色所牵动,是因为他的内心,早已坦荡无秽,泯除了享乐等差别妄想,而自在无碍。

商人心中暗暗佩服大师的豁然。纵横商海多年,商人的心也已经疲惫。他想拜大师为师,让自己也学会坦然不惊。挑了一个黄道吉日,商人身穿锦衣绣服,来到了寺庙门口,恭恭敬敬地拜见大师说:"我欲拜你为师,心胸豁达走佛道。"

大师看了一眼商人华丽的衣裳，说，"去吧，施主，你尘缘未了，何必勉强自己走上佛道？再者，悟佛就在一念间，人世不妨觉悟，想通了，放下了，你就会坦然，到时再来找我吧。"

商人瞧了瞧自己，再看了看寺庙中朴素的僧人，似乎有所觉悟，自言自语地走了。回到县城，商人将自己的不义之财散发给穷人，脱去身上的华服，看着人们感激的眼神，商人突然感到一阵前所未有的解脱，这就是佛道的宽阔心境吧。商人心中充满了感激，为表谢意，他拿着祖传的两个精美的古董花瓶，毕恭毕敬地再次来到大师庙前献礼。

大师对商人说："放下。"

商人听罢，将左手的古董花瓶轻轻地放在了地上。

大师又对商人说："放下。"

商人只好又将右手边的花瓶放在了地上。

然而，大师还是对信徒说："放下。"

商人哭笑不得地回答说："大师啊，我已经把花瓶都放下了，没有什么可放的了。"

大师说："我没有让你放下花瓶，我要你放下的，是你的尘俗之念，放下六根、六尘和六识。当你真正地放下贪、嗔、痴、恨、爱、恶、欲，你便是真正的两手空空，超越生死了。你不必谢我，参透这道理，是你自己，要谢的，也是你自己啊。"

商人正如世间许多民众一般，以为自己丢下了金银钱财，便是看破红尘，可以坦坦荡荡，无牵无挂。但这种放下，并不是真正的豁达。

现实生活中，我们的身边，充斥着太多的矛盾。亲人的劝慰有时逆耳，朋友的告诫有时苦口，陌生人的一句顶撞，也许也会令人火冒三丈，除了冷静，我们还要逐渐修炼隐忍的功夫，才能在逆耳中辨忠言，苦口里品良药，顶撞中见真诚。不要在意一时的占上风，即便当时赢了，如何应对往后的相见？

在吵架和斗争中，从来没有纯粹的胜利者，只要是伤害，就没有尽头。因而，我们要保持"毫不在意"，养成君子般心胸豁达的涵养，虚心听取他人意见，耐心倾听他人声音，懂得包容，懂得放下。正如老子所言："江海所以能为百谷王者，以其善下之，故能为百谷王。"江海位于溪水、江河的下游，但却能汇聚百川东到在海，将千百条河流纳入怀中，全凭大海容纳百川的风度，其坦荡的胸襟，让百川纷纷归附。人也是一样，如果没有山海般的胸怀，也只是故步自封罢了。

人的胸怀就应该这样：安贫乐道，与世无争，不贪不义之财，光明磊落心境坦荡；在涵养上，不断修炼内心，不因为现在修行不够而放弃，而是成于心，践于行，努力成长内心的强大。

豁达之人之所以异于常人，便是在于其能时时自我反省。天地之间，无限宽广的唯有人的胸襟。但要做到坦荡实属不易，我们要常常审视自身，求身心清净无垢，才能收获安宁。

只要努力，才能使得内心的让步日增一寸，月益一尺。尽管不能尽如人意，但求无愧于心。只有强大自己的内心，才能坦荡安宁。

大气承受心量高

　　人要有高心量,就必须立身淳厚,绝弃虚华。

　　老子云:"大丈夫处其厚,不居其薄;处其实,不居其华。"由此可知,有高心量之人,必是抱朴守拙,保持自己淳朴的本心,坚持大巧若拙的本性。不圆滑,不浮夸,在繁杂的尘世安身立命,净化自己的内心,任它四季变换,绝不乍喜乍惊。

　　只有拥有广阔的胸怀,才能高朋满座,汇集大群的知己。大气量的人,能认真聆听他人意见,包容朋友一时之过。他们往往会虚心接受批评,大度待人,体贴入微。心量是一种修养,一种海纳百川的境界。只有善待他人,才能善待自己,活出真实,活出快乐的人生。高心量的人,能从逆境中突围而出,因为,他们有着与常人不同的眼光。

　　雄鸡刚刚结束一声清唱,一位员外和一位乡绅就踏入了村中寺庙的大门。

　　他俩谁也不让谁,相互瞪着眼睛,并排挤了进去,不出所料,员外和乡绅撞个正着,两人带来的供品散落了一地,于是,员外和乡绅大清早就在庙里吵了起来。

　　"你是存心的,把我供佛的东西碰落了一地,如何赔偿?"

　　"我的供品都被你碰坏了,今天如何拜神?"

　　太阳渐渐升了起来,庙里开始陆陆续续地来人,两人还是争执不下。

　　争吵的声音越来越大,庙里的禅师刚好路过,听闻了他们的事情,于是停下脚步劝说他们:"行走应该先后有序,互不相让是不应该的,你们应向对方赔不是才对。"

　　员外和乡绅看了一眼对方,碍于禅师的面子,勉勉强强地跟对方道了个歉。

　　围观的人们看了两人终于握手言和,纷纷点了点头。人群中有人对禅师说:"大师,您真了不起,让他们都原谅了对方啊。"

禅师却摇了摇头:"能够跟他人道歉,是小气量;而能够接受他人的道歉,才是高心量啊。心量是一种胸襟,一种气度。人存于世,有很多有意义之事,等着我们去拼搏,去完成,何必在芝麻绿豆大小的事情上苦苦纠结?人非圣贤,孰能无过?过而能改,善莫大焉。"

有承认犯错的气度,也要有容纳他人过错的气量,高心量,才有大气象。

顺境让人一帆风顺,逆境也可以磨炼人的意志,从另一个角度来看,厄运酝酿着机遇和奇迹。"祸兮福之所倚,福兮祸之所伏",有气量的人,总是充满自信,总能看到乌云背后的光,以其坦荡的心胸、睿智的头脑,看到云中潜藏的彩虹。人对逆境的看法,总会影响他的处事之道。面对困难、挫折,抱怨和生气往往无济于事。赌气只会加重心灵负担,让被乌云遮盖的心更加愁云惨淡。与其去排斥已成事实的厄运,还不如以宽宏的气量,面对创伤,迎接它,改变它,让痛苦成为心中一杯甜蜜的酒酿。每一种创伤,都是一种成熟,只有面对苦难,才能超越苦难,看到乌云背后的光。

"忧危启圣智,苦厄见人杰"。心量有高有低,真正有心量的人,用于斩断困难的眼光和力量。换个角度,你会发现世界没有想象的好,但也并不是想象中的糟糕,困厄中我们也不能失掉乐观,保持良好的心态,高山也能越过。竹密岂防流水过,山高怎阻野云飞。即使风雨之中,我们也要养浩然正气,学会眺望阳光,在困苦中等待彩虹。

风雨过后得解脱

人在遇到挫折跌倒之后,与其长时间地抚摸伤痛,倒不如冷静的思考,从容向前。勇者不惧,留一颗淡定的心给自己,暴风雨过后,彩虹是希望,是淡然,亦是我们的财富,擦干我们的眼泪,继续前进,你所拥有的便是更坚定的心与更踏实的步伐。

孔圣人言:"饭疏食饮水,曲肱而枕之,乐亦在其中矣。不义而富且贵,于我如浮云。"

很多人因为不知道生活的意义与生命的价值,遇到人生过程中低潮、不得意,就郁郁寡欢,自怨自艾。纵然走出了那些低潮,下一次,总是重复着上一次的埋怨和不满。把所有的不幸都归结于运气的好坏。这些人,永远都不会明白,那些磨难和挫折给予他的成长。

《诫子书》中说,非淡泊无以明志,非宁静无以致远。淡泊抑或淡然,乃是人生一种从容的境界。处事泰然,可感悟自然风物,可品人间酸辣,可读世人百态,心静如水,风过无痕。在喝下人生的苦涩与芬芳之后,再无所求,淡淡地来,淡淡地走,正如秋叶之静美。

人生如茶,不同的人生有不同的韵味。温水也罢,沸水也罢,岂不是人世间的种种机遇与命运? 面对那些我们意想不到的痛苦与挫折,我们要做到的应该是坦然面对,若总是苦苦纠结于内心的痛苦,自怜自叹,他又能看到多少人生的色彩和美丽?

人生之美,在淡然中释放。世无净土,是因为人心不净罢了。风雨过后,就让我们多一份从容,静静看生命流逝,心中安然,便是晴天。

忘却比铭记要轻松得多

忘记是丢掉和休息，铭记是包袱和劳作，只有傻子才愿意选择后者。
(《智慧的锦囊》)

乔治·罗纳在维也纳当了多年律师，但在二战期间，他逃到瑞典，一文不名，很需要找份工作，因为他能说并能写好几国语言，所以希望能够在一家进出口公司里谋一份秘书工作。绝大多数公司都回信告诉他，因为正在打仗，不需要这一类人才，不过他们会把他的名字存在档案里。唯有一家公司在给乔治·罗纳的回信中写道："你对我生意的了解完全错误，你既错又笨，我根本不需要任何替我写信的秘书。即使我需要，也不会请你，因为你甚至连瑞典文也写不好，信里全是错误。"

当乔治·罗纳看到这封信时，简直气得发疯。于是乔治·罗纳也写了一封信，目的是想使那个人大发脾气，但接着他就停下来对自己说："我怎么知道这个人说的对不对呢？我虽然修过瑞典文，可并不是我家乡的语言，也许我确实犯了很多我并不知道的错误。如果是这样的话，那么我想得到一份工作，应该必须不断努力学习。这个人可能帮了我一个大忙，虽然他本意并非如此。他用这种难听的话来表达他的意见，并不表示他就亏欠我，所以我应该写封信给他，在信里感谢他一番。"

于是，乔治·罗纳撕掉了他刚刚已经写好的那封骂人的信，另外又写了一封信："首先感谢你这样不嫌麻烦地写信给我，尤其是你并不需要一个替你写信的秘书。对于我把贵公司的业务弄错的事我觉得非常抱歉。我之所以写信给你，是因为我向别人打听，而别人把你介绍给我，说你是这一行的领导人物。我并不知道我的信上有很多文法上的错误，我觉得很惭愧，也很难过。我现在打算更努力地去学习瑞典文，以改正我的错误，谢谢你帮助我走上改进之路。"

没几天，乔治·罗纳就收到了那个人的回信，信中邀请乔治·罗纳去看他。罗纳去了,而且得到了一份工作。乔治·罗纳由此发现"原谅伤害自己的人也是避免自己受到更深的伤害,或许还能得到别人的帮助,助你走上成功"。

我们也许不能像圣人般去爱我们的仇人,可是为了我们自己的健康和快乐,我们至少要原谅他们,忘记他们,这样做实在是很聪明的事。美国前纽约州州长威廉·盖洛被一份内幕小报攻击得体无完肤后,又被一个疯子打了一枪几乎丧命,当他躺在医院为生命挣扎的时候,他还是微笑地对所有来探望他的人说:"每天晚上我都原谅所有的事情和每一个人,第二天当太阳升起的时候,我照样以快乐愉悦的心态迎接新一轮的太阳。不要因为你的敌人或对手而燃烧起一把怒火,热得烧伤你自己。"

圣经上说:"怀着爱心吃青菜,也会比怀着怨恨吃牛肉好得多。"就如德国伟大的"悲观论"哲学家叔本华所指出的,即使说生命是一种毫无价值而又痛苦的冒险,可是在他绝望的时候,"如果可能的话,不应该对任何人有怨恨的心理"。

不要因为别人对你造成的伤害或者别人忘恩负义而不开心。人活在这个社会,就应该以平和的心态潇潇洒洒地为自己活着。让我们永远不要去试图报复我们的仇人,因为如果那样做的话,我们只会深深地伤害了自己。

要快乐就要清扫心灵的阴霾

受人恩惠的当时,没有不心存感激的,而且所受恩惠越大,感激越深!可是,事过境迁后,却很少有人想报答,世上多的是所谓"忘恩之徒。"(《思想的光辉》)

按照经验来看,心态浮躁、情绪激进的人容易与人结成恩怨,而一旦恩怨积成又不容易放下,而这种积怨又极易由对个人的愤怒转为对周围的人甚至社会的不满,这种情绪不利于己也不利于人,是需要修正的。

如果对方伤害了自己,自己心里对其产生愤恨是一种人之常情,但如果长期地铭记对方的恩怨则不明智,也没必要。

两个朋友不断吵架,吵到最后都不愿见对方,原本是很好的朋友,却因经常的争执而成仇家不是一件令人遗憾的事吗?

曾听到朋友讲述了这样一个故事:有一个妇人,平时温文有礼,也很懂持家,常常一大早就在家门口洗衣服,但她有一个不定时精神病发作的毛病。

她可以黄昏时拿着菜刀、棍子在家门口破口大骂,也可以一大早就如此。刚开始,人们以为那是在吵架,后来才知道,是这位妇人在发泄情绪。

她最常骂的是:"我不甘心,你这疯人,总有一天遭报应,你怎么可以骗我。"

知情人说这位女人曾被她所信任的朋友骗过,朋友向她借钱,借了之后就跑了,妇人初期不能接受,但也算平静,十多年之后就成如今这模样,十多年来她不能原谅朋友,将怨气积在心中,将自己积出病来。

有人给宽恕打了一个美丽的比喻,他说:"一只脚踩扁了紫罗兰,它却把香味留在那脚跟上,这就是宽恕。"我们常常在自己脑子里预设了一些规定,以为别人应该有什么样的行为。如果对方违反规定置之不理,就感到怨恨。其实,这是一件十分可笑的事。大多数人一直以为,只要我们不原谅对方,就可以让对方得到一些教训,也就是说:"只要我不原谅你,你就没有好日子过。"而实际上,不原谅别人,表面是那人不好,其实真正倒霉的人却是我们自己,一肚子窝囊气不说,甚至连觉都睡不好,没多久就会积出病来。

1937 年 1 月,美国一名精神病患者持枪冲进山迪·麦葛利格先生的家里,枪杀了他三个花样年华的女儿。这场悲剧使山迪陷入了痛苦的深渊,一个月的时间,就让他老了许多。

随着时间的流逝,他在朋友的劝慰下体会到,要使自己的生活走上正轨,唯一的办法是抛开愤怒,原谅那名凶手。于是,山迪把所有的时间用来帮助别人获得心灵的平静及宽恕他人。他的经验可以证明,即使是遭遇剧变所引起的怨恨,在人性中也依然可以释怀。如果你问山迪,他会告诉你,他抛开愤怒是为了自己,为了让自己好好活下去。

令人心碎的事,大病、孤寂和绝望,每个人都难以幸免。失去珍贵的东西之后,总有一段伤心的时期。问题是,你最后到底是变得坚强还是更软弱?原谅别人,是对待自己最好的方式,因为释放了自己,才能有健康自由的心态。

即使是尖锐的批评　也不要念念不忘

英国海军陆战队足智多谋、充满传奇色彩的少将——巴特勒少将说:年轻时曾急切渴望成名,希望给每个人留下好印象。那时,稍微有一点批评都会令他心里很难过。不过30年的海军陆战队生活使他豁达多了。他曾被人骂得像条狗、蛇或臭鼬,还曾被诅咒专家诅咒过。所有英文词汇中最难听的词,他都被人骂过,现在不听到骂声反而不受用了。

巴特勒对批评的态度可能太过敷衍了,不过我们多数人却又过分重视了。记得几年前一位纽约《太阳报》记者来参观我的成人辅导课,然后写了一篇报道,大肆攻击我的工作和我个人。我火冒三丈,觉得这是对我的侮辱,我打电话给《太阳报》执行委员会主席吉尔,要求他刊登一篇文章澄清事实,以取代嘲讽抨击的评论,我发誓一定要让他受到惩罚。

对于当时的我,我现在觉得惭愧。因为我后来意识到读到那篇文章的读者也许连一半都没有,即使看到的一半读者也未必把这篇报道当回事。而且读过的读者中又有大约一半会在几周内把这件事抛到脑后。

我也明白了没有人真正关心别人的事,因为人们一心只关心自己——从早上醒来到晚上睡觉,他们关注自己轻微的身体不适,都会重于关注你我的死讯。

多年以来,我发现既然不公的批评避之不及,至少我可以做些更重要更有意义的事——让自己尽量免受批评造成的干扰。

我要说明的是,我并非提倡忽视所有的批评,而仅仅是不理会恶意的刁难。我向罗斯福总统夫人请教,她如何看待恶意刁难——当然我心知肚明她受尽了这类责难。她可算得上是拥有朋友最多,敌手也最多的白宫女主人了。

她告诉我,少女时代的她曾经非常害羞,担心人们的恶言恶语,害怕别人的批评,有一天她向罗斯福总统的姐姐请教,她问:"我想做这样那样的事,可是又怕受人指责。"

罗斯福总统的姐姐凝视着罗斯福夫人,对她说:"只要你相信自己问心无愧,就不要在意别人的看法。"罗斯福夫人说,在白宫中,那句话一直是她的精神支柱。她说:"做你问心无愧的事——因为反正会受到批评的。做某些事被骂,什么都不做也可能被骂。结果都一样。"这就是她的建议。

华尔街的美国国际公司总裁布鲁士曾接受我的采访,当问及他对别人的批评是否敏感时,他说:"对啊,年轻时我确实对别人的批评极其敏感,当时我渴求全公司人的认可,承认我是完美的。如果他们不承认这点,我就会很烦恼。为了取悦那个持反对意见的人,我往往会得罪另一个人。于是我又得安抚那个人,结果搞得一团糟,最后大家都有意见。最后我无奈地发现,越是为了避免别人对我个人的批评,我需要安抚的人就越多,同时得罪的人也越多。我只有安慰自己:'既然你处于领导地位,就注定遭到批评,顺其自然吧!'这对我很有用,从此之后,我树立了一个原则,只管尽力而为,然后撑起一把伞,让如雨的批评顺伞滑落,而不再让批评留在心里,使自己难过。"

美国作曲家迪姆·泰勒做得更超脱,他不但没有受到闲言碎语的伤害,还能在公众面前一笑了之。在周日下午的电台节目中,他做音乐评论,有个女人写信给他,侮辱他为"骗子、叛徒、毒蛇、白痴",泰勒在他的自传《人与音乐》中提到这段往事:"我以为她只是随意说说的,于是在下周的广播中,我向所有的听众念出这封信,可几天后,我仍然收到同一个女人的来信,坚持她的恶意态度,还骂我是骗子、叛徒、毒蛇与白痴。"泰勒处理别人抨击的态度真令人钦佩,我们佩服的是他的诚挚、从容不迫以及幽默感。

在美国内战期间,林肯总统如果没有学会对排山倒海的各种恶言攻击置若罔闻,恐怕他早就精神崩溃了。林肯应付无端侮辱诽谤的方法已被奉为经典。麦克阿瑟将军把林肯的至理名言放在他指挥总部的办公桌上,同样有一份放在丘吉尔的书房里,林肯如此对待:"只要我不对任何诽谤做出反应,这件事就到此为止。我问心无愧尽力而为,我将继续如此直到生命的最后一刻。最后,如果结果证明我正确,那么所有的责难都毫无意义。反之,如果结果证明我错,即使有 10 位天使为我作证、拥护我是正确的,也毫无用处。"

凡是遭到的批评,都是对自己的某些作为的否定和阻止,既然每个人都不是完美的、全能的,那么,我们看待批评就应看作是对我们的帮助,而不应看作是伤害而念念不忘。

乐于忘怀

"给自己的心灵洗个澡"这句话乍听起来很幽默,其实它是提醒人们,在清除污垢保持身体外面卫生的同时,也要注意保持身体内部,即心灵的卫生,去掉自卑、失意、忧虑和仇恨等不健康意识对心灵的绑架。

每个人本来都具有充沛的精神活力,但因为某些心理压力,如紧张、失败、挫折等渐渐形成情绪问题。有时反应暴躁,有时反应冷淡,导致心灰意懒,半途而废。为了避免半途而废,培养积极的生活态度,一定要乐于忘怀之道。乐于忘怀,可以使我们真正放下心中的烦恼和不平衡的情绪,让我们在失意之余有机会喘一口气,恢复体力。

乐于忘怀是一种心理平衡。有一句话说的是:生气是拿别人的错误惩罚自己。我们没有必要念念不忘那些不愉快,对于那些人间的仇怨念念不忘,只能被它腐蚀,而变得憎恨和怨怼,甚至导致精神崩溃而陷自己于疯狂。有这样一则故事:

珊莉曾以优异的成绩考取了纽约最好的州立第一女子中学。在初一时,珊莉的学习成绩还行,到了初二,数学成绩一直滑坡,几次小考最高分才得50分,珊莉很有些自卑心理。后来发生的一件事,彻底改变了珊莉的人生轨迹。

有一次考试,由于题目难度很大,珊莉得了零分。老师对她非常不满,还在全班同学面前羞辱了她。只见这位数学老师拿起粉笔,叫珊莉立正,非常蔑视地说:"你爱吃鸭蛋,老师给你两个大鸭蛋。"老师用粉笔在珊莉眼眶四周涂了两个大圆饼……老师甚至又让珊莉转过身去面对全班同学,全班同学哄笑不止。然而老师并没有就此罢手,他又命令珊莉到教室外面,在大楼的走廊里走一圈再回来,珊莉不敢违背,只有一步一步艰难地将漫长的走廊走完。这件事情使珊莉丢了丑,她从此不肯踏进校门一步,整天躲在家里自己的小屋内,不肯出来见人,因而患上了少年自闭症。

释然——得失之间观天下

少年自闭症影响了珊莉一生，在她成长的过程中，甚至在她长大成人之后，她的性格变得脆弱、偏颇、执拗、情绪化。对于 12 岁时的丢丑事件念念不忘，使珊莉形成了压抑的性格，也是造成她一生悲剧的根源。如果她能忘怀，恐怕就能幸福快乐地过一生。

从这个意义上说，对于一些不愉快的往事和不值得一提的小事，以及没有意义的琐事，我们就应及时地忘掉，别放在心上，以免伤害自己。同时，只有既往不咎的人，才可甩掉沉重的包袱，大踏步地前进。

在图书馆、实验室从事研究的人，很少因忧虑而精神崩溃，因为他们没有时间去享受这种"奢侈"。

换个视野看世界

　　一个人的生命旅途犹如一次长途跋涉，跋涉中总会经历风雨的洗礼，荆棘的磨炼；只想走直路，不会转换角度、改变方向的人，永远登不上人生的制高点。遭遇了痛苦却不放弃对快乐的寻找，经历了苦难却不放弃对幸福的追求，只有这样，人生才会柳暗花明、风景无限。正所谓"横看成岭侧成峰"，站在不同的角度，才能欣赏到不同的风景，而不同的心胸，就会有不一样的人生。

　　生活中所谓的快乐好坏，大都取决于一个人的心态。是否在用心感受世界，能不能正确审视一切，客观评价自己所处的境况，决定了自我感受的快乐与否。

　　从心理学的角度上说，快乐，是一种对事物的获得或者观察后产生满意与愉悦、幸福的心理反应和行为表现。在现实生活中，快乐，不仅在于你要用心去感受它，更在于你从哪个角度去欣赏它，从哪个角度去善待它。

　　"苦乐无二境，迷悟非两心。"人生悲喜多少事，快乐和痛苦，常常是一体的两面；但一念之间的转换，体悟角度的不同，就呈现出近乎迥异的世界。

　　然而，对待快乐人们习惯使用减法，对待痛苦却用加法，其实我们完全可以用乘法来使快乐翻倍，用除法来消除痛苦。生活中常有痛苦的荆棘和不幸的泥潭，快乐只在于一种角度。遇到不幸时，换一个角度看，痛苦的酒糟就可能酿制出快乐的甘甜。用欣喜的心情看，世界风和日丽，用悲凉的眼睛看，世界可能只剩下愁云惨雾。从山上看树，树很小，从地上看树，树就很高。由此可见，快乐是一种角度。

　　一个拥有万贯家财的富人因为车祸，一夜之间失去了至亲至爱的人。突然降临的灾难，让他没有了叱咤风云的干练和运筹帷幄的智慧，他夜夜不能入眠，在窗户边呼唤着他的母亲、妻子和他最最疼爱的女儿，甚至他失去了求生的欲望，一次又一次想要到天国寻找他的亲人。

释然——得失之间观天下

一次偶然,他走到了一所孤儿院,看着那些来到世上不久就失去亲人的孩子,看着那些虽然失去亲人却依旧在阳光下露出的笑脸。他突然觉得,和那些孩子相比,他也许还是幸运的,因为至少他曾经享受过母亲的关怀、妻子的关心、孩子的爱戴;至少他心中留着许许多多这些孩子永远不可期冀的回忆。就在一刹那,他仿佛看到女儿在冲他甜甜地笑,似乎感觉到深陷地狱的灵魂正缓缓飞向天堂。

从此,他脸上重新有了笑容,并且资助了许许多多的孤儿,成了许许多多孩子的"父亲"。他和那些孩子们一起唱歌、一块儿做游戏,幸福地听着那些孩子喊他"爸爸"。一年后面对媒体采访,他只说了一句话:其实我只是换了个角度看待我的这场灾难,同那些孤儿相比,我依然是幸运的。他的话让很多人感慨不已。想一想,如果当年他一味沉浸在悲痛中,他仍然找不回他失去的亲人,甚至会失去更多……他重新振作了,不但得到了充实的生活,还有孩子们的尊敬和爱戴。

换个角度看人生是一种明智的选择。当你面对缺憾心中愁苦时,就迈动智慧的双脚走一走,换个角度,也许会顿感柳暗花明。

荆棘划伤了手指,可幸运的是没有伤着眼睛;登山时不小心,金项链落下了悬崖,可幸运的是没危及性命。这些不幸之中的大幸,只要仔细去品味,就能够轻易拨动你快乐的心弦。

当你如蜗牛般前行时,可能因为缓慢的脚步而烦躁,但换个角度看,你因此却闻到花香、听到虫鸣,欣赏到了沿途美景。

当你因疏忽而失败后,你可能因遭遇挫折而一蹶不振,但换个角度看,你却因此而得到了砥砺,再遇到困难一定会变得更坚强。

当你送走满座高朋时,可能因为胜筵易散而感伤,但换个角度看,这至少表明你的生活中有很多值得倾心交往的朋友……

换个角度看人生,也许所有的苦难都是幸福设置的关卡,所有的悲伤都是快乐眷恋你的借口,所有的失败都是成功在对你做最幽默的考验。换个角度看人生,你会发现,其实人生路途处处皆风景,快乐时时常相伴。

同一个太阳,有旭日的光彩,也有夕阳的映照。换种心态看人生,可以得到更多的愉悦;换个立场看人,可以更宽容地处世;换个角度思考,可以使问题变简单。转换角度,才能笑看人生悲喜。多一些纯粹和简单,少一分世故与猜疑;多一些豁达和洒脱,少一分埋怨与指责,这样就会有一颗快乐的心,这样的生活才是真正快乐的生活。

人生路上难免有许多事不尽如人意,但是不要死钻牛角尖,换个角度看问题,说不定会有意料不到的收获。事物都有它的两面性,如果人们过多地思考它带来的负面影响,就忽略了它带来的正面影响,从而陷入悲观的情绪,影响了正常的工作和生活。

换个角度看问题,领导的批评并非只是单纯地批评你,很可能是因为领导认为你是块可以成大气候的璞玉;妻子的埋怨,并非是你从不愿意弯下身子帮做家务,很可能是你对她的事情太过马虎;公交车上的售货员对你买票时的大声咋呼,并非是因为你买票时动作不够麻利,很可能是因为你天天坐这趟车她对你很熟悉,早已把你看成老朋友的缘故。

换个角度想问题,别人让你生了闷气,一定不要让别人的想法影响你自己,因为你痛恨别人的时候,正好中了别人设好的"奸计"。生活中的不如意将不再是不如意,而是为下次的成功奠定了基础,埋下了胜利的契机。俗话说,暂时的失败,只是上帝见你太辛苦,特意让你静下来,慢慢地把关键之处想清楚,相信不久的将来,会让你品尝到更大的幸福与甜蜜。

生活是幸福还是抑郁,关键就在于你要学会换个角度看问题,换个角度,就是给心情一把调节的钥匙,前进中你就永远不会迷失自己!

人生苦短,岁月如流。为什么不快快乐乐的? 为什么要疾首蹙额,为眼前一时的挫折就心胆俱碎? 为什么要对那些你看不惯的人和事心烦意乱?

学会知足,才能心底敞亮,减少烦恼;学会知足,才能更好地体会人生风雨兼程的艰辛和幸福;也只有人人懂得知足,我们的社会大家庭才能和谐、平静、适意而真诚。因为知足常乐啊!

人生如月,月满则亏,凡事岂能尽如人意,但求于心无愧。人人都想追求完美,但是世界上根本就没有完美的事物,当然也没有人得到过完美的事物。有些时候我们追求了一些虚无的、不切实际的东西,到头来却什么都得不到。人在做选择的时候加的条件越多,选择的范围就越窄。